ほら話と
ほんとうの話、
ほんの十ほど

ソーシャル・リアリズム
セクシュアル・コメディ
サイエンス・フィクション
サタイア

ほら話とほんとうの話、ほんの十ほど

アラスター・グレイ

高橋和久 訳

白　水　社

Tokyo 1997

以下の話の
真の生みの親である
トム・マシュラーと
ザンドラ・ハーディと
モラグ・マカルパインに
捧げる

目次

この本は十以上の話を収めているから、
タイトルからしてほらである。

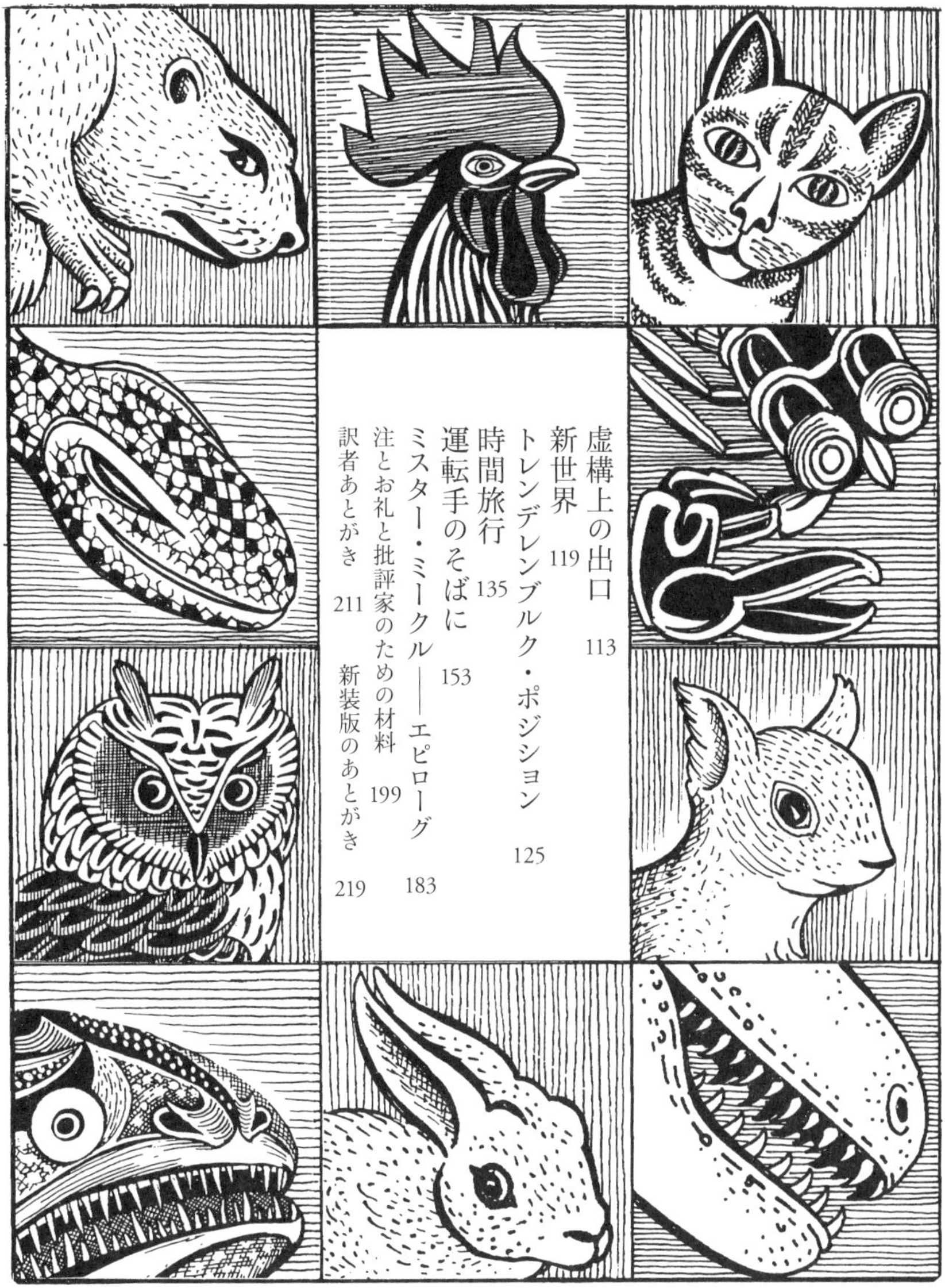

切り詰めたら本が台無しになるし、
ほんとうに合わせれば、タイトルが台無しになる。

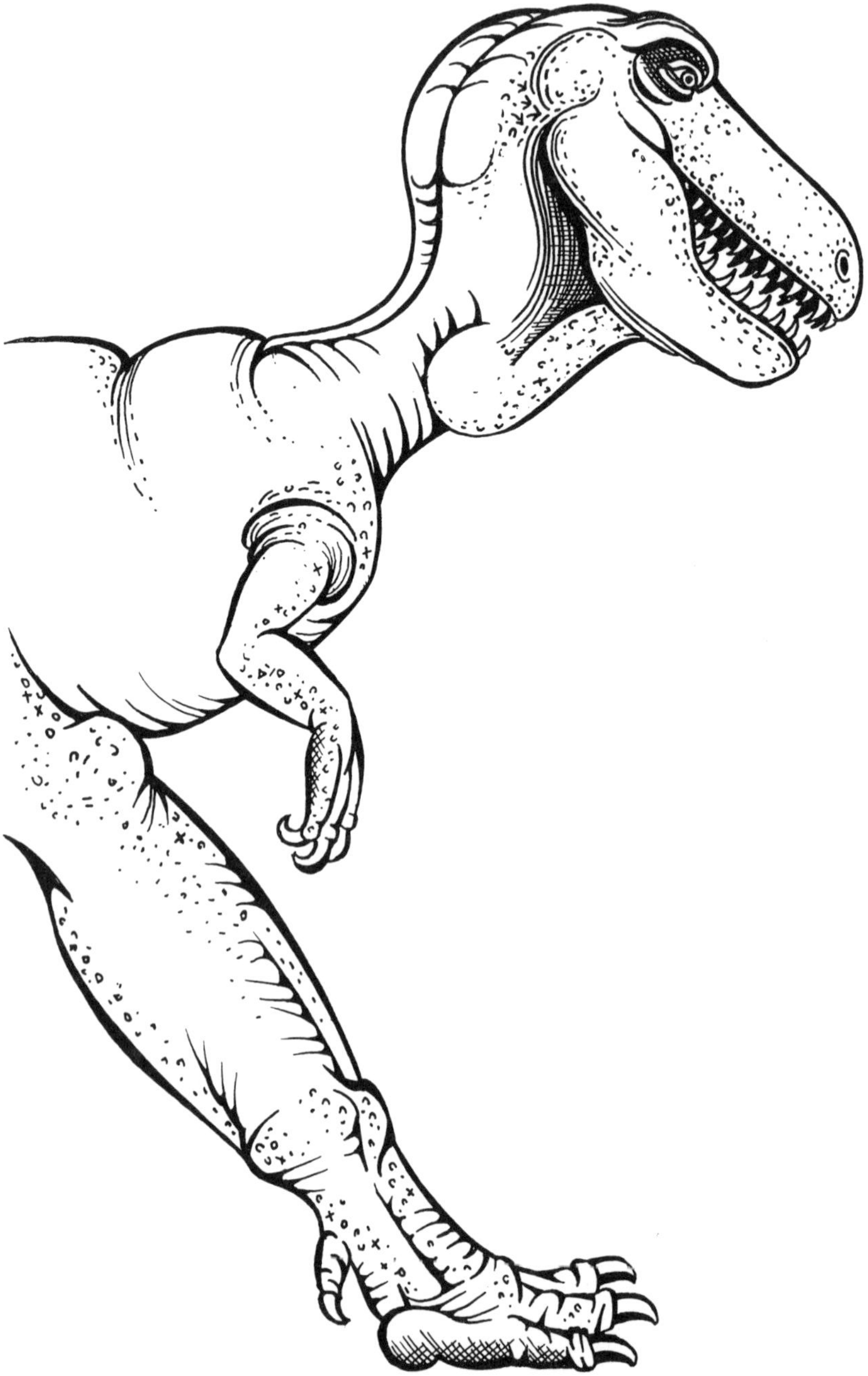

始めてみよう――プロローグ

我が名はイシュマエル。イエス涙をながし給う。読者よ、わたしは彼と結婚した。表現の力強さが流れを妨げている。

始まりはすべてが飛翔と落下の連続、正しい動きと間違った動きのちょっとしたシーソーゲームであったと記憶している。これでは曖昧にすぎる。

わたしは、鈍感で想像力に欠ける上品さを持っているおかげで、どんなときにも、他人にとって頼りになる道具としての役割を果たしてきた一族の末裔である。しかしわたしはごくごく幼少のときから、意地っ張りで、途方もない気紛れに耽り、御しがたい熱情の虜になるのだ。縛られ疲れ切って、すねながら母の胸に抱かれるのが一番だと悟るまで。これはあまりにもロマンティック。

男が一人、北アラバマの鉄道の鉄橋に立って、六メートルほど下の急な流れに目を落としている。両手が背中にまわり、手首が紐で縛られていた。

これがわたしの文体だ。

家と小さな労働党

男たちが八人、ぬかるんだ十字路のわきに深い溝を掘った。その泥を見て二人の男がイタリアを思い出した。最近の戦争でイタリアに赴いたのだった。二人はイタリアでは知り合いにならなかったが、ともにナポリの近くの十字路に倒れているドイツ兵の死体を見ていた。ただ一人は、それはピサの方に近かったのではないかと思った。この一団が一服するため手を休めたとき、二人はこの点について話し合った。

「ピサじゃねえな。ピサは何キロも離れていたよ」と一方が言った、「あれはナポリだ。あいつ、なかなか男前だったな。ジークフリートって名前を付けたんだ」

「俺たちのほうじゃ、アドルフって呼んでたぜ。憎たらしい口髭をはやしていたからな」ともう一方、「あいつ、そんなにハンサムが長持ちしたわけじゃねえぞ」

「口髭のことは覚えちゃいねえが、おめえの言うとおりだ。たしかにいつまでもハンサムじゃいられなかった。全身白けてふやけて、風船みたいに膨らみやがった。破裂しないですんだのは軍服を着ていたからに違いねえ。車の往来が激しかったからネズミも近寄れなかったんだろうよ。あの道に出るたびに、誰かがあいつを動かしておいてくれるように祈ったもんだが、無理な話さ。いつもあいつはそこにいて、いつも前よりひどくなった姿をさらしていやがる。ついにはトラックが上を通ってきちんとあいつを破裂させたんだからな。おめえ、覚えているか?」

「よおく覚えているともよ」

「俺たちはあの道に出るたびに、口々に『ジークフリートの奴、どうしてるかな』と言い合っちゃあ、あいつの姿を探したもんだ。すると必ず何かしら見つかるもんさ。もっともしまいにゃ、脚の骨だかボタンのついた軍服の切れ端だかになっちまったがな」

沈黙が流れた。歳をとった連中は死について考え、一番若い土方は買いたいと思っているオートバイについて考えた。彼はこの一団のなかで一番若くてオートバイ好きということで通っていた。ここでは誰もが仲間内で通用する何がしかの特徴を持っていた。組頭のミックはアイルランド人で、厳《おごそ》かな声で奇妙なことを口にするということで通っていた。スコットランドの高地地方《ハイランド》の出であることを売りものにしているもの、毎朝二日酔になることで知られているもの、新婚ほやほやを通り名としているものもいた。二人の退役兵士のうちの一方は戦争の話が売りもので、もう一人は汚い言葉の使い手として通っていた。また聖書よりも『ぼろズボンをはいた博愛主義者たち』の方がすぐれた書物だと考え、いつもこれを他人に貸そうとするコミュニストもいた。もっとも彼らの大部分は学校で書物嫌いになっていて、ジョー爺さんだけがそれを借りて、少し時代遅れだなと言った。コミュニストはその点について議論したがったが、ジョー爺さんは老人であると同時に寡黙であることによっても知られていた。一番若い土方はこうした連中といっしょに仕事をするのが好きだった。ただ彼らの会話に耳を貸すことはほとんどなかった。誰もがこの若者の注意を引きたがった。みんな覚えていたのだ、あるいは覚えていると思ったのだ——自分たちも学校出たてで、十六歳でかっこよくて、筋肉が強くなってきているから残業労働の負担も苦にならないのが幸せで、そしてまた、父親と同じほど多額の賃金を稼ぐのがすばらしくて幸せだったときのことを。最低賃金労働者にとって稼ぐ力は若いときに頂点に達してしまうのだ。

「イタリア夫人《シニョーラ》!」話し好きの男が不意に声を上げた、「イタリア娘《シニョリーナ》! かの女たちはちょいとそこいらの女と違うぞ。さて、俺は正しいか、間違っているか?」

「そりゃそうだとも、シニョーラときたら段違いだぜ」ともう一人の退役兵士が言った。胸の前のところに両手で大きな乳房を型取ってみせる。

「イアン、ちょっといいことを教えといてやろう」と話し好きが一番の若者に言った、「もしイタリアに行くようなことがあれば、牛肉の缶詰をいくつか持っていくといい。そうすりゃ、いいか嘘じゃないぞ、一缶の牛肉のお礼にイタリアのシニョリーナたちは何でもやってくれるぜ」

「その忠告は少しばかり時代遅れじゃないかね」と組頭のミックが言った。

「あんたがあの尻軽女たちの肩を持つのは、連中が法王派で、あんたと同じだからだろう。あんたは糞フェニアン主義のアイルランドのカトリックの芋野郎だからな」と一方の退役兵士が楽しそうに言った。

「もちろん奴の言うとおりだ」と組頭は若者に言った、「俺は法王派のフェニアン主義者だ。だがな、この勇者たちがもしまたイタリアに行くことがあったら、女たちが前みたいに歓迎してはくれないことに気づくだろうって。いまは赤ん坊が飢えることもなくなったからな」

彼は煙草を消し、燃えさしを帽子の縁と右耳のあいだに挟んで、つるはしを持ち上げた。一同は再び溝を掘り始めた。


かれらの仕事内容は労働局からは熟練を要しないものと認定されているが、実際の働きぶりは二人組みが習熟した息の合い方を見せていた——一方がつるはしで土を掘り返し、もう一方がシャベルで相棒の足元から砕かれた土や石をきれいにすくって投げ飛ばす。一番先頭が組頭のミックで、全体のために安定した仕事の速度を決めている。一番の若者は速くなりすぎるきらいがあるので、ミックはジョー爺さんを相棒に組ませていた。ジョー爺さんは六十近くなるが、自分で慎重にスピードを加減してまだ立派に仕事をこなした。二人の退役兵士は一緒に組むと速度が落ちがちだったから、ミックは必ず自分が一方と組んだ。この一団は工夫、煉瓦職人、建具屋、配管工、スレート工、電気工、塗装工、運転手、現場監督者、不動産管理者から成る作業要員の一部であり、その作業とは丘を宅地に変えて市を拡張することであった。最近の戦争のあいだに（七年前に終わっているのだが、それを記憶しているものにとってはまだ最近のことのように思われた）、政府は、また失業が蔓延することはない、すべての家庭は最終的に便所と風呂のついた家を持つことになる、と約束していた。いままでは国の税金は軍隊、高速道路、公衆衛生といったものと同時に住宅建設にも費やされている。したがって公共住宅の建設は収益が上がるのだった。銀行や証券会社は住宅を建てる企業に投資した。その住宅とはまさにそれを汗水流して作るような階級の人々のためのものだった。住宅建設を早め、かつ安く上げるために、広さと技術の基準が下げられ、戦時中に広まった一時しのぎのやりくり策が採用された。石造りの代わりにコンクリート。ドアは安手の木の枠に硬質の繊維板の両側を釘で留めただけ。中の壁は骨組みの表面に石膏板を張っているだけで、ドアのノブが強くぶつかるとへこんでしまう。背の高い男なら、爪先立ちしなくても天井に指が届く。しかし、すべての家に温水供給システム、風呂、水洗便所が備えられ、ほとんどすべての人間が仕事を持った。仕事がありすぎるので、企業は広告を出して海外から労働者を募り、この王国の人間には週末や祝日に仕事をすると特別のお金が支給された。建築業界では最低賃金労働者が時間外労働で稼ぐ金を誰にもまして誇ることになった。その大部分は一週間六日労働にいそしんだのだ。時間外労働を拒否したからといって必ずしも弱虫だと軽蔑されるわけではなかったが、その仕事につくものの情けない見本であると見なされた。結婚したばかりの男たちが情けない見本となることはつとに有名だが、しかし二週間過ぎてもまだ情けない見本でいる例はめったになかった。

頑丈な身体つきのマッカイヴァーという男が溝に近寄ってくると、しばしそこに立って、仕事をしている一団を、彼の商売上の道具であるむっつりした、いささか毒のこもった目で見ていた。組頭が彼の存在に気づくと、彼は頭をほんの少しだけ片方に動かして合図した。ミックは丁寧につるはしを置き、額の汗をハンカチで拭いながら呟くように、「俺が部隊長と打ち合せするあいださぼるんじゃないぞ、いいか」と言うと、溝を這い登った。打ち合わせをしたわけではなかった。彼はマッカイヴァーの話を黙って聴き、下顎をなで、それから叫んだ、「イアン、ここへ来い、いますぐにだ!」

一番の若者は驚き、鋤を落とし、溝から跳び出ると、急いで二人のところへやってきた。マッカイヴァーが彼に言った、「時間外労働をやりたいか? 日曜日の午後、一時から五時までだ」

「もちろんやらせてもらいます」

「庭仕事だが技術はいらん——雑草取り、芝刈り、といったようなもんだ。やるのは社長のミスター・ストダートの家で、賃金はこの種の仕事の通例通り倍額払い。金は週ごとの給料といっしょの支給だ」

「その仕事はジョー爺さんがやってると思ってました」

「やってるさ。だが社長の言うには、爺さんには助けがいる。さあどうする、やるのか、やらないのか?」

「やりますとも、ぜひ」と一番の若者は答えた。

「それじゃあ一言、忠告を与えておく。このミックがおまえをよく働くと言って指名したんだ。だからしっかり働かんといかんぞ。社長は目が利いて、さぼる奴がすぐ分かるし、分かるととんでもない雷が落ちるからな。それに社長は記憶力がいい、遠くまで手も回せる。ミスター・ストダートのところでちゃんと働かないと、おまえがひどいことになるだけじゃない、おまえを推薦したミックにも迷惑をかけることになるんだ。そうだろ、ミック？」

「若いもんをそんなに脅かさんでも」と組頭は言った、「イアンはちゃんとやりますよ」

土方たちが昼食を取る小屋で退役兵士が大声で陽気に言った、「ヘボカトリックたちが糞面白くもなくいつも通りに糞みたいにつるんでいやがる」

「あれは敵意のこもった発言だろうかな？」と組頭がイアンに尋ねた、「口汚ないあの勇者は俺たちのことを言っているのか？」

「馬鹿っ正しい、その通り。あんたらのことを言ってるのさ！　あんたはあの糞仕事を俺みてえに食わさにゃならねえ糞餓鬼のいる糞ったれ家族持ちに回したってよかったんだろうが。だが、そうしなかった。そいつを同じヘボ宗旨の奴、てめえ自身が糞餓鬼みたいなひよっこに回したんだ」

「俺はカトリックじゃないぞ！」と一番の若者がびっくりして言った。

「それじゃあどうして法王好きの芋野郎のミックとアホみたいにねんごろになりやがったんだ？」

「おまえたちの中からこの坊主を推薦したのには三つの理由がある」と組頭が言った、「その一、こいつは大変勤勉でジョー爺さんとも気が合う。その二、日曜を家で過ごす家族持ちもいる。その三、俺たちの中の誰かが社長の家のあたりで働くようになると、社長の忠実なしもべだと言われることになるが、それは誰にとっても人付き合いの上で具合のいいことじゃない。しかしイアンは若すぎてそう思われる心配がない、ジョーが歳を取りすぎていてそう思われないのと同じにな」

「馬鹿言ってらあ！」とコミュニストが言った、「ここじゃ、社長の忠実なしもべはあんたじゃないか、組頭ってものの例にもれずな。あんたはいまいましいマッカイヴァーほどひどかないが、あいつはあんたに助言を求めにくるんだろう」

「何てこと言いやがるんだ、この罰当りめ！」ミックが一番の若者に向かって叫んだ、「神に誓って言うが、こんなところはとっとと出て、建具屋たちの集まる小屋に行き、キャメロンと話をしろ。連中、見習いの人手が足りないんだ」

「俺はカトリックじゃない。いままでだって一度もカトリックになったことなんかないぞ」一番の若者は小屋のなかのみんなを見回した。傷つき、不安におののき、嘆願するような表情が浮かんでいる。スコットランドの高地人《ハイランダー》（バラ島の出身で、誰かがその島の人間はみんなカトリックだと言ったので、彼もまたカトリックではないかと疑われていた）が「おまえは無罪放免である――安んじるがいい」と言ったので、みんなが笑った。

「聞こえなかったのか、イアン？」と組頭が詰問した、「ここを出て、まともな仕事につけと言ったんだぞ」

「ホンダのオートバイを買ったら、そうするかも」と一番の若者は思いにふけって言った。組頭の忠告は一理あると思ったのだ。年季のかかる職人は人夫仕事より賃金が高いし、仕事の選択の幅も大きい。ただ、見習い期間中の賃金はずっと安くなる。

「ミック、あんたみたいに頭のいい人間がどうして職人を目指さなかったんだ?」とコミュニストが訊いた。

「そりゃあな、十六歳のときの俺はここのみんなと、とくにあの馬鹿なひよっこと同じくらい愚かものだったからさ。オートバイは欲しくなかったが、女が欲しかった。それでこうしているわけさ、十年後、一番の働き盛りを迎えてな。女房に子供が五人。組頭の仕事でおまえたちより少しばかりいい給金をもらっている。口汚ない勇者殿と神聖なるスターリンの崇拝者殿から言いたい放題を言われる見返りだ」

「あんたはまだ一番の働き盛りを迎えちゃいないさ」とコミュニストが言った、「この数年のうちにマッカイヴァーの仕事が回ってくるだろうよ」

「いや、俺は親方にはならない」と組頭は憂鬱そうに言った、「給料の増えるのはめでたいが、孤独になるのがかなわない。われらが口汚なきあのがちがちのプロテスタント殿が親方になるさ。あいつはみんなの気に障ることをするのを楽しんでいるんだからな」

親方は一番の若者に紙切れを一枚渡していた。そこに書かれていたのは「ポロックシールズ、バルモラル通り八九番地」という住所とそこに行くためのバス経路、及び二重に下線の引かれた「午後一時かっきり」の文字。若者はその一帯に不案内だったので、社長の家に息せききって着いたのは定刻から七分過ぎていた。彼が両親と住んでいるのは往来の激しい大通りを挟んで建っている部屋番号が何千番台にまで続いている安アパートの一室だった。バスがバルモラル通りに入ると、家の門柱に三番という住居表示が見えたので、彼は次の停留所で飛び降りた。八九番はその近くに違いないと思ったのだ。ところがそれは間違いだった。十分ほども歩いただろうか、次の停留所の前まで来たが、そこの家の住居表示は四三番。彼は駆け足になった。歩道は舗装してあるのではなくて砂利が敷きつめられ、車道との境が石で縁どられている。道路そのものは彼の住んでいるところと大差ない広さでまっすぐ続いていたが、両側に大きな庭が並んでいるためにもっと広いように思われた。垣根の内側に花壇つきの芝が広がっているところもあれば、高い塀の向こうに灌木や背の高い樹木を植えているところもある。いずれも専用の自動車道を持っていて、それが城を思わせるほど大きな屋敷まで伸びている。どれもきれいに切り出された石造りで、家の上に小塔をつけたり塔を建てたり屋根の下に銃眼を模した張り出し窓を装備して、いかにも城だという雰囲気を醸し出しているのものもあった。二、三の入口には「療養所」の立て看板が出ていたが。門柱に彫られた名前（ビーチ・グローヴ、トラファルガー、ヴィクトリア・ロッジ）を見れば、多くの邸宅は個人の住居で、窓から覗くカーテンや室内の装飾もそれを暗示していた。ところがどの家にしても、彼が両親と暮らしている二部屋だけのアパートの一室全体を、あるいは、いま彼が働いている場所に建てられることになっている台所つき三部屋という間取りのアパートを、すっかり飲み込んでしまうくらい大きな部屋をいくつも持っているのだ。しかしながらこの一帯で一番奇妙なのは、ひとけのないことだった。バスの後姿がだんだん小さくなり、遠くに見えるオレンジ色の点になって、ついには消えてしまうと、彼の目に映る動くものと言えば、空を飛ぶ数羽の鳥と数百メートル先で道路を横切った猫らしきものだけだった。彼の考える家並みには欠くことのできない建物の姿やその表示——いろいろな商店、雑貨屋兼郵便局、学校や教会――が少しも見られないので、若者は当惑した。この通りをずいぶん歩いた、駐めてある車もなければ電話ボックスも見かけない。ここは砂漠だ。みんなこんなところでどうやって暮らしているんだろう？　どこで食べ物を買い、どこでお互いに会うんだ？　七五番の表示の出ている門柱を見つけると、彼はほとんどパニックに駆られたように走り出した。

八九番の家は彼がこれまで見たこともないほど大きいというわけではなかったが、それでも圧倒的であった。小高くなった角地に建てられたその邸宅は「破風の家」という名前で、実際多くの破風が切ってある。前庭は専門の庭師の手が最近入ったに違いない鮮やかな彩りのバラ壇がテラス状に広がっている。背の低い新しい塀が正面に立っているが、少しもそれらの視界の妨げにはなっていない。若者はきれいな大理石のかけらの敷きつめられた邸内の車道を急ぎ足で進んだ。足の下であまりに派手な音がするので、手入れされた縁の草の上を歩きたいと思ったが、そこにへこんだ靴跡が残ると思うとそれもできなかった。大きな正面のドアに続く幅広の白い階段に畏れをなして、ザクザクと音を立てながら側面に回って気後れを感じないですむドアを探す。するとジョー爺さんが二つの破風に挟まれた空間に石の庭園を造っているのが見つかった。

「こんにちわ、ジョー。遅れたかな？　社長、ご立腹かい？」

「今日のとこは俺がおまえの頭《かしら》だから心配すんな。あっちの手押し車を持ってきて、俺のあとをついてきなって」

屋敷の裏側には家庭菜園とシャクナゲの植え込みと裏道から続いている泥だらけの通用口があった。

通用口のそばに石の山と鋤の刺さった土の山がある。ジョーが言った、「俺んとこにこの石とこの土を運んでこい。俺がほかの指示を出すまでそれを繰り返すんだ。この家の外でなら、おまえはまだ見習い期間中なんだと言いきかせるのも悪くないんだがな」

「どういうことさ?」

「社長は俺たちを監視しているんだよ。とっくにおまえを見たさ」

「どうやって?　どうしてそう思うんだ?」

「どうしてかは、あとで社長から話を聞くときに分かるさ」

二人して石の庭園造りに精を出したが、あたりを注意深く見回すうちに、若者は次第に庭には自分たち二人しかいないことを確信するようになった。かれらの働いている側の家の壁は、おそらく便所の換気に使われている少し高い窓以外には、まったく窓がなかった。手押し車を裏口まで運ぶともっと大きな窓がいくつも見える。若者は石と土をジョーのところへ運び続けた。ジョーは膝立ちで仕事を続け、ときおり「それはそこへ下ろせ、坊主」とか「シャベル一杯分をここだ」と言った。そうやって一時間近く経った。ジョーはほっと息をついてゆっくり立ち上がると、肩をほぐしながら言った、

「五分間休憩だ」

「もう一杯運んでくるよ」と手押し車の取っ手を持ち上げながら若者が言った。彼は自分の背中の上の方にある黒くて小さな便所の窓が気になって落ち着かなかった。

「五分間の休憩は正当な権利なのさ」とジョー爺さんは静かに言った、「俺たちにゃそれが必要なん

だよ」

「俺には必要ないよ。それに俺は遅刻して、あんたはしなかったから」彼は手押し車を押して行き、荷を積んだ。戻ってくるとジョーが仕事をしていた。それから一時間後、ひどく痩せているがきれいに着飾った女性が角に姿を現わして、「道具小屋にお茶の用意ができています」と声をかけると、建物の陰に消えた。

「社長の奥さん?」と若者が尋ねた。

「家政婦だよ。お茶の時間も休まないで働くのかね?」

若者は顔をあかくした。


道具小屋は車庫と同様、新しく建てられた大きな離れの一部で、窓がなく、裏口に面してローラー・シャッター式のドアがついていた。セメントと材木とガソリンの匂いがする。棚や架台には最新式の庭仕事用、建築工事用の機具が所狭しと置いてある。どれもピカピカの新品。それから一つある作業台に紅茶の入ったカップが二つとチョコレート・ビスケットの載った皿。さらにオートバイが放り出したように壁に立てかけてある。もっとも倒れないようにブロックが添えられてはいた。

「ホンダのバイクだ!」と他のものには目もくれず歩み寄りながら若者がささやき、うずくまって食い入るように見つめた。崇拝するものから目が三十センチと離れていない。「だれのなんだろ?」

「社長の息子のさ」

「でもずっと乗ってないな」と若者は腹を立てて言った。パンクしたタイヤや座席とメタル部分に溜まった埃、そして前輪のわきに散らばっている足踏み式ポンプや鍵の一式、スパナ類にも埃がつもっているのに気づいたのだった。クロムが輝いているはずのところがすっかりくもり、ところどころ錆びが浮いている。

「他に考えるべきもっとましなことができたんだよ」と紅茶を一口飲んでからジョーが言った、「やっこさん、大学生になったんでな」

「どうして売らないんだろ？」

「センチメンタルな理由があるのさ。親父さんからプレゼントとしてもらったものでな。それに金がいるわけでもないし」

若者はいったん頬を膨らませてから息を吹き出して驚きをあらわにし、それから作業台に向かった。そこはだれの目にも触れず耳にも届かないので彼は尋ねた、「社長ってどんな人だい？」

「いかにも社長って感じだな」

「やめてくれよ、ジョー。いい社長と悪い社長とがいるだろうが。どっちのタイプなんだ？」

「中間の中といったところかな。じきに分かるさ」

十分後、二人は庭に戻って仕事を続けた。一時間以上経ってジョーが「五分間休憩だ」と声をかけ、背中を伸ばし、仕事の出来映えを吟味するような目つきで振り返った。若者も手を休めて眺めた。彼の目からは石のバランスもよく、激しい雨に降られても埋まったりしないように見えたが、しかし彼は姿を現わさないストダート（二度とお目にかかれないような大きくて社長然とした人物なのだろう）の存在が気になってどうにも落ち着かなかった。ちょっとすると「もう一杯運んでくるよ」と言って、手押し車とともに出て行った。

半時間ほどして、石の庭園は完成した。二人してそれを眺めているうちに、若者は不意にその場にいるのは全部で三人であることに気づいた。そして一瞬、この第三の男に前に会ったことがあるように感じた。彼は巨大な体軀の持主で、隙のない冷たく落ち着き払った顔つきをしていた。真っ白な開襟シャツにきれいに折り目の入ったフラノのズボン、それに白のキャンバス地の運動靴といういでたち。相変わらず石の庭に目を遣りながら、ついにその人物は口を開いた、「七分間の遅刻、どうしてなんだ？」

「降りる停留所を間違えたんです——通りがこんなに長いとは知らなかったもんですから」

「理屈だな。名前は何という？」

「イアン・マクスウェルです」

「遅刻の件は別にして（それは賃金から差し引かないでおこう）、今日はよくやったな、イアン。おまえもだ、ジョー。明日から庭師が植栽を始められるだろう。だが、まだ今日の仕事が終わったわけじゃないぞ。ジョーには分かっているが、おまえはまだ知らんかもしれんな、イアン。これから手押し車、鋤、熊手、こてを道具部屋に戻して、洗わなけりゃならない——徹底的に洗うんだ。床に排水口があり、壁に水道栓が付いていてホースがつないである。それを使え！　あの手押し車のタイヤと車軸の間にどんな小さな泥のかけらが残っているのも許さん。手入れの行き届かない道具は役立たずの道具だ。イアン、最初から知っておいた方がいいことだが（もしおまえとわたしが今後うまくやっていこうとするなら）、わたしは紳士ではない。おまえと同じ階級の出だ。だからおまえたちがどんなことをやりそうで、どんなことはやりそうでないか、よく分かる。しかし、わたしを騙すな、そうすればわたしもおまえを騙さない。わかったか？」

若者は目を見開いた。いま自分に向けられている陰気で冷静な顔によって催眠術にかかったようだった。すると突然その顔が変わった。目は相変わらず隙がなかったが、口が開いて若者には微笑みと思える表情が浮かんだ。そこで若者はうなずいた。その大男は彼の肩を軽くたたいて歩き去った。

土方二人は道具部屋に行き、黙って道具を洗った。若者の気分は落ち込んでいた。ただ理由は自分にも分からなかった。二人して道具を元の場所（道具はすべて三つならんでいて、そこに隙間があるのは抜けた歯のように目立つから、元の場所がどこかは造作なく分かった）に収納しおえると、若者が言った、「これで帰るだけかな？」

「いや、チェックしてもらうのを待つんだ」

たいして待ちはしなかった。少なくとも二つの鍵が開けられる音がしたと思うと内側のドアが開いて、お盆を手にしたストダートが入ってきた。グラスが二つとウィスキーの瓶と水差しが載っている。道具類の収まった架台を素早く横目で眺めただけでチェックを終えると、彼は言った、「歳はいくつだ、イアン？」

「じきに十七です」

「ウィスキーは早すぎるな。悪い習慣を教えるつもりはないんだ。だが、ジョーとわたしはお決まりの一杯をまだやってないんでな。よくないな、昔のしきたりを忘れていってしまう。大きいのでいくか、ジョー？　マッカランのグレンリヴェットなんだが」

「ありがとうございます。いただきます」

「水は？」

「いいえ、結構で」

「そうだな。薄めるのはどうも……。悪くないだろ、ジョー？」

「はい」

「背中の具合はどうだ、リューマチは？」

「まあ、そんな悪くありません」

「そうか、しかし結局だれも歳には勝てないよな――わたしにしたって同じことだ。昔の若さはもうない。お互い肩の力を抜いて生きることを学ばにゃならんな、ジョー」

「はい」とジョーは言い、グラスを一気に飲み干した。

「こりゃすごい、すぐに空けたな！」とストダートが言った、「もう一杯いくか、ジョー？」

「いや、失礼しますよ」とジョーは言い、出て行った。

「それじゃあな、ジョー。それからイアン、おまえにもさようならだが、来週午後一時きっかりに来るんだ。ジョーはちょっと休みをとるんでな。いいか？」

「ありがとうございます」と若者は言い、急いでジョーのあとを追った。何ももらっておらず、労働分の賃金さえ支払われていないというのに、どうしてさようならではなく、ありがとうございますなどと言ってしまったのかといぶかしみながら。


若者は裏道を歩いているジョーに追いつくと言った、「バスには乗らないのかい?」

「乗らん。これが近道なんだ」

「いっしょに行っていいかい?」と若者は、どうしてこんなことを訊くのだろうと思いながら言った。ジョーは何も言わなかった。並んで歩いている小径の片側にはレンガの塀、もう一方には線路の土手が続いている。奥深い田舎と言ってもおかしくなかった。自動車の車輪が残した平行する二本の筋のあいだに緑草やデイジーやクローバーが生え、道の両側の縁はタンポポやギシギシやアザミやゴボウの類ですっかり覆われている。壁の向こう側の庭に植えられた木々の枝が道の上に張り出している。線路の土手からは棘と葉をいっぱいつけたサンザシやイバラの若枝が、たわんだフェンスの網を突き抜けて道のほうに張り出している。老人と若者は黙ったまま二本の筋の上を並んで歩いた。若者はジョーが怒っていると感じ、その怒りが自分に関係しているのではないかと心配で、何か言わねばとあれこれ考えていた。


そしてとうとう彼は言った、「社長があそこで俺たちのそばに現われたとき、最初マッカイヴァーじゃないかと思ったよ」

ジョーは何も言わなかった。

「彼、少しマッカイヴァーに似てると思わないか、ジョー？」

「マッカイヴァーに似てるに決まっているともよ。マッカイヴァーは親方で、ストダートは親方の親方なんだから——頭の頭だ。マッカイヴァーに似てるに決まっている」

「でもマッカイヴァーより気のいいひとみたいだね。あんたのこと、名前で呼んでいたじゃないか。前にも社長といっしょに飲んだこと、あるのかい？」

「さっきのが最初で最後だ」

「最後？　どうして最後なんだい？」

「おまえが俺の代わりになったからだよ」

「どういう意味さ？」と若者は尋ねた。老人の意味するところは不意にはっきりしたのだが、思いがけない二つの驚きで頭が混乱していた。驚きの一つは社長がジョーより自分を気に入ったということ、二つ目はその結果が不当であって、また結果の出るのが早すぎるということだった。この二つの驚きがいっしょに作用して、若者は大きな幸福感も激しい怒りも感じられなかった。しかし彼はジョーのことが好きだったので、不当であるという思いに悩まされた。

「彼があんたを呼び戻すつもりがないってたしかなのか？　そんなこと一度も話に出なかったじゃないか」

「それじゃあおまえは耳の穴、掃除しとく必要があるな」

「でもそんな馬鹿な話ないよ、ジョー。そりゃ俺はあんたより力は強いさ。けどまだ頭が——技術が——ないんだ。だからミックはいつも俺たち二人を組にするんだろ。もし俺が一人だけで仕事をしたら、たいした量はこなせないよ。考えるために手を休めなきゃならないから」

「そのとおりだ!」とジョーが言った、「ストダートは自分で思っているほど賢いわけじゃない。だが、社長のあいつにだれが忠告なんかできるもんかね。一週間か二週間して、今日やって見せたほどおまえの仕事が捗《はかど》らないと分かったら、やっこさん、さぼり始めたと思っておまえをおっぽり出し、だれか別のを雇い入れるだろうよ。いいや、そうとはかぎらんぞ! おまえが毎日十分早く来て、あいつに止めろと言われるまで身を粉にして働き、そしてお茶の休憩も五分にし、いや、家政婦が忘れたときには休みもとらず――そうだな、そうやって汗水たらして社長の忠実なしもべであることを示せば、雇っといてくれるだろうよ」

ジョーはフェンスを乗り越え、エゾミソハギの間に通っている道を選んで線路の土手を登り、若者がそれに続いた。彼の混乱した感情には薄い悲しみの色が紛れこんでいた。ジョーが先に立って鉄路の三つの軌道を横切り、枕木を立てて作った柵の隙間を抜ける。そこは道幅が広く、ひとけのない通りで、両側には古い倉庫が立ち並んでいた。

「俺、どうしたらいいんだろう、ジョー?」と若者が尋ねた。答えがなかったのでもう一度尋ねた。長い沈黙のあとで、ジョーが不意に言った、「若いの、こんなことは止めて土木工事の仕事をしろや。あっちこっち旅してまわるから、どんなろくでなしのしもべになる心配もない。スコットランドの北部の火力発電所工事、イングランド中部の高速道路工事、ウェールズの貯水池工事――もし一つの仕事にあきたら、走り書き帳と金を集め、その日のうちにおさらばして別の仕事に向かうのさ。だれも気にしない。あれこれ訊かれることもない。それに金だ。時間外労働の報酬ときたら半端じゃない。一度スロイ湖で四十八時間ぶっ続け労働ってのをやったことがあるがな――もちろん通常の休憩を入れての四十八時間だったんだが、俺はただの一睡もしないで仕事をしまくった。できるはずがないとだれかが言ったがね、俺にはやれるだけの力があったし、実際やったんだ。若いの、おまえや俺のような人間にとっちゃ土木工事が生命だよ。むろん、稼いだ金の大部分は酒やら賭博に消えちまう。他にはたいして使い道がないものな。女房子供をその金で養うものもいるが、何でわざわざ。どうせ六週間に一週間の割で顔を合わせるのがせいぜいってことになるのによ。家庭生活なんてものは詐欺、とんでもねえペテンよ。いや、売春婦を弁護してんじゃないぞ。どんな女であれ、女には近よるなよ、若いの。そいつが俺からの忠告さね。連中、子供を授けなくとも、何か他の病気を授けてくれるからな。ストダートなんぞ放っぽり出して、土木工事をやることだ。男が力を持っているうちは、土木工事こそが生命よ。俺はそれをやった。そしていままで一度も後悔したことがない」

ジョーは続けざまにまくしたてたりはせず、ぽつりぽつりと語ったので、若者は彼の言葉にあれこれ考えをめぐらせた。酒にも賭博にも売春婦にも心惹かれはしない。やってみたいのは、分速二キロものスピードで狙った標的目がけ、風を切って走ること。そんなときには後部座席にしがみついている女の子がいても悪くないだろうが、しかしいいオートバイは四百ポンドもする。幼いころから住処《すみか》をあてがわれ、世話してもらっている見返りとして週給の三分の二を親に払うと、残るのは四ポンドほどで、それも（一週間に三ポンド貯金しようと思っているにもかかわらず）やれ交通費だ、お茶代だ、映画を見る、ダンスホールに出かける、サッカーの試合を見にいく、散髪にも行かねばならず、洋服も買わねば――彼は数多くない夜の外出時にはおしゃれをしたいと思うようになっていた――といった具合に必ずなくなってしまうようだった。だが、もしスコットランド北部の大規模な土木工事で職につけば、そして力の続くかぎり十二時間労働でも十六時間労働でもやりとおせば、それから労働者用の簡易宿泊所で食と住を安くあげれば、さらにまた親には帰りたくなるまで週に数シリング払うだけにするならば、一年以内にいいオートバイを買えるだけ稼げるかもしれない。そう考えたとき、社長宅の道具小屋に放り出したように置いてあったホンダのことが思い出された。そして、手入れの行き届かない道具は役立たずの道具だ、というストダートの言葉も。よし、今度の日曜、お茶の時間にでもあのホンダをきちんとブロックの間に立て、それをきれいに磨いてまわりに散らかっている道具類を片付けよう、と彼は決心した。ストダートはかならずそれに気づいて、五時のチェックのときに何か言うだろう。そして若者にはそれが何か有益なことにつながるような予感がするのだった。有益なことが何かは分からなかったが、しかし彼はそうした見通しに奇妙な興奮を感じた。ただ、ジョーにはまだ申しわけないと思っていたけれども。

彼がこんなことを考えているうちに、二人は切通しになった線路にかかっている橋をわたって、キルマーノック・ロードに出た。そこは繁華な通りで片側は鉄道が平行して走り、もう一方の側はありきたりのアパートの一階部分に小さな店屋やパブが並んでいる。若者はこの通りをよく知っていた。一週間に六日、家と建築現場との往復に市電に乗ってこの道を通っていたのだ。この通りが豪壮な邸宅の立ち並ぶあの見知らぬ、ほとんど秘密のと言ってもいい地域とこんなにも近いところにあるのを知って、彼はまごついた。数区画先のところに地下鉄の駅の標識が見える。そこから乗ればいつもの家族のお茶の時間に間に合うだろう。彼から悩みは消えていた。彼は言った、「おふくろもおやじも、俺が土木工事の出稼ぎに出るのにはまだちょっと賛成しないと思うんだ、ジョー。でも、いつかそれやってみるよ。教えてくれてありがとう。じゃあ明日」

ジョーは頷いた。そして二人は別れた。

家路に向かって

この三十歳になる大学教師は大柄で、恰幅がよくて、ハンサムである。女性に尽くされることに慣れた男に見られる無垢なベビー・フェイスと、自分が望んでいるほどには尽くされたことのない男に見られるすねたような下唇の持主。日曜の午後。彼は腕時計の文字盤と暖炉の上のドーム状のガラスに収まった凝った小さな置時計の文字盤を見比べる。どちらも二時四十九分を指している。彼は溜め息をつき、機械工が動かなくなった機械の故障箇所を探るときのような目で部屋を見回す。壁は

淡い灰色。木の部分は白。床一面に敷込まれたモス・グリーンのカーペットは染み一つない彼のダーク・グリーンのセーターと（露骨すぎることなく）調和している。大きくて背の低いベッドには脚も頭板もない。上にはブルーのクッションがいくつか無造作に置いてあって、人を誘《いざな》う雰囲気を湛えている。ベッドにその吸引力を与えているのは近くにあるコーヒー・テーブルで、そこには冷製のロースト・チキン、オート麦のビスケット、切り分けられたバター、ナイフ、塩入れの載ったマットと、リンゴ、桃、ブドウの載った金属製の盆と、小さくて色鮮やかなケーキと飴がいくつか載った皿が置かれている。大理石の暖炉のなかにある数個の石はさすがにとても石炭には見えないが、それでもそこから明るく燃え立つ炎で部屋は暖まり、服を脱ぎやすくするだろう。しかし服を着ている人間が汗ばむほどではない。張り出し窓からは陽光に照らされた木々の頂が見えるが、（もしそうしたければ）床まで滑らかに垂れているカーテンで隠すこともできる。そのカーテンは彼のはいているきれいに折り目の入ったフラノのズボンと同じ明るい色調のものにしてある。しかし彼はもう一度溜め息をつく。どうも心から落ち着いた気分になれない。リンゴが効《き》くかもしれない。彼は意を決してテーブルのところへ行くが、整然とした果物の配置を乱すことに躊躇《ちゅうちょ》を覚える。呼び鈴が静かに鳴る。ほっとした微笑みを浮かべて彼は部屋を出ると、小さな玄関口を横切り、玄関のドアを開け、そして言う、「ヴラスタ」

激しくすすり泣いている女性が彼の前を通り抜けて、家のなかに入る。彼は玄関から頭を出して廊下を見渡し、だれもいないのを確認してドアを閉める。

彼は大きな部屋に戻ると、その女性を見つめ、もの思わしげに顎をなでる。彼女は安楽椅子にうずくまるようにして座り、ハンドバッグを膝に載せ、ハンカチを顔に当ててすすり泣く。骨ばった四十代の女性で、ぼさぼさの黒い髪が毛皮のコートの肩へ伸び、長い黒のスカートに芝居がかったイヤリング。すすり泣きが鎮まってくる。彼は爪先立ちしてコーヒー・テーブルに歩み寄り、それを静かに持ち上げて彼女の右肘わきにそっと置き、リンゴを一つ選び取ると、彼女と向かい合うように長椅子に腰を下ろす。用心深く彼はリンゴを噛る。彼女のすすり泣きが止まる。彼女はハンドバッグから鏡を取り出し、化粧を損なわないように気をつけながら涙を拭き取る。彼がそっと言う、「来てくれてうれしいよ。何か食べたらどう。効くこともあるから」

彼女がしゃがれた声で言う、「あなたはわたしにいつもとてもやさしいのね、アラン」

彼女は鏡とハンカチをハンドバッグに戻し、チキンのウィングをむしり取ると、かぶりつき、飲み込み、そして言う、「三十分前にアーノルドを追い出したの。彼は出ていきたがらなかった。だから、警察を呼ばなくちゃならなかった。あの人、酔っ払っては暴力的になった。わたしの亀を砕いちゃったのよ、アラン」

「警察を呼んだのは正しかった」

「最初はやさしかった――あなたと同じようにね。それからわたしに辛く当たるようになった。男たちって、最後にはみんなそうなるわ――あなたは別にしてね」

彼女はチキンをさらに噛り、飲み込む。

それから部屋を見回して言う、「だれか待っているの？」

彼は悲しげな笑みを浮かべて言う、「だれか待っているって？　そうだったら願ったりかなったりだけどね」

「でもこの食事！……それにこの部屋。いつもこんなにきちんと小綺麗にしてはいなかったわ」

「最近じゃこうしているんだ。君が出ていってから、すっかりおばさんじみてね。カーペットに掃除機をかけ、時計の埃を払い——食べものにも偏屈になった。もう規則的な食事はとらないんだ。フルーツと冷製のチキンの皿を手許に置いておいて、その気になったときにぱくつくのさ」

「変ねえ。でも、かわいこちゃんはいないの？　愛人は？」

咳込むような笑い声を上げながら、アランはリンゴの芯を屑箱に使っている真鍮製の石炭入れに投げ込んで言う、「全然！　一人もいないよ。知り合いの女性はたくさんいるよ。何人かはここに招待をし、彼女たちはやってきた。泊まったものも少しはいる。でも（どうしてか分からないんだが）だれに対してもうんざりさせられてしまったんだ。君を知った後では、みんな例外なくひどく無味乾燥に思えちゃってね」

「分かってたわ！」ヴラスタが勝ち誇ったように叫ぶ、「そうよ、分かってた。あなたの許を去るとき、自分に言ったの——おまえはこの男を駄目にしようとしている、この男の知っているのは全部おまえの教えたこと、おまえが出ていってしまうからこの男の自信も消えてしまう、実際おまえはこの男を去勢しようとしているんだ！　ってね。でもそうするよりなかったの。あなたはやさしかったわ、でも……死ぬほど退屈だった。想像力皆無だもの。だから出ていくしかなかったわけ」

「苦しさの極みだったよ」と彼は彼女の言葉を裏書きする。

「分かってたわ。あなたにはかわいそうだったけど、刺激が必要だったの。コート脱ぐわ。この部屋、暑すぎる。よく平気ね」

彼女は立ち上がって、チキンの骨を石炭入れに放り投げる。しかしアランの立つ方がもっと早い。彼女の背後にさっと身を滑らせ、コートを脱ぐのに手を貸しながら囁くように言う、「帰る前にはもっと脱ぐことになるんじゃないかな」

「なんて馬鹿なの、アラン。相変わらず女のことが分かっていないのね。恋人じゃなくなったのは四年も前、先週のことじゃないのよ。ここに来たのは静かに落ち着きたいから。エロティックな興奮を求めに来たんじゃないわ。ここに来るまでの三時間、普通のブルジョア暮らしでは一生かかってもまず味わえないような興奮をたっぷり堪能してきたんだもの」

「ごめん」とアランはつぶやくと、コートをベッドへと運ぶ。コートをそこに置いてから、ベッドの端に腰を下ろす。ロダンの「考える人」のように、右肘を膝に載せ、右の掌で顎を支える。

「わたしってとんでもない女、男を破滅させる女！」とあくびをし、両手で伸びをしながらヴラスタが言う。「警察に引き立てられていくあいだずっと、アーノルドはそう叫び続けていたわ」

「となりに座ってくれよ。とても孤独なんだ」

彼女は彼の隣に座って言う、「ミック・マクティーグのこと、考えてみて。年齢以上に老けこんで、ざるみたいにお酒のんで」

「君がはじめて会ったときに、もう彼は六十五歳のアル中だったじゃないか」

「いまじゃもっとひどいのよ。先週アンガスが公園で赤ん坊を乗せた乳母車を押しているのを見かけたわ。彼のことなんかとても理解できっこない愚かな女の奴隷になっちゃって」

「ぼくから見ると、彼は申し分なく幸せそうだがな」とアランは言って、彼女に目を向けながら、

「ときどき二人で玉突きをするんだ」

彼女は彼のうぶさ加減に声を立てて笑う。

「まったくアランたら。わたしの教えたこと全部忘れてしまったの？　表面は至極平穏と見える生活の下でこそ、いろんな恐ろしいことが起きているのよ――精神上の強姦とか殺人とか近親相姦とか拷問とか自殺とかね。そして表面が静かであればあるほど、その下にはいっそう悪いものが隠れているってわけ」

彼女の香水の匂いが彼の鼻孔を満たす。彼女の身体は数センチしか離れていない。本当に興奮を感じて彼は声を上げる、「好きなんだ、人生を冒険へと変える君のその手腕が。興奮をさそう白痴的な冒険へとね」

「白痴的ですって？」彼女が目を剝いて声を荒げる。

「ちがうちがうちがう！」彼は急いで言葉を費やす、「失言だった。ぼくに巣くっている型にはまったブルジョア的欺瞞性が自己防衛に走った結果の戦略だ」

「フン！」と答える彼女の怒りはわずかに鎮められただけ、「わたしが教えたことのうちいくつかは覚えているってわけね」

彼女はもう一度腰を下ろし、あくびをして言う、「フーッ、本当に疲れたわ。消耗する仕事なのよ、

人生を馬鹿なお巡りたちに説明するのって」

彼女は顔を上に向けてベッドに横になる。そして目を閉じる。


沈黙のうちに一分間が過ぎる。彼はこっそり靴を脱ぎ、彼女の隣に横になると、彼女のブラウスの上のボタンを外す。目を閉じたまま彼女が小さな声で言う、「言ったでしょう、その気はないって」

「ごめん」

彼は溜息をつき、再びロダンの「考える人」のポーズを取る。しばらくして彼女が物憂げに言う、

「そうやってすぐに挫けて手を引くところが好きよ」

彼は期待のこもった目を彼女に向ける。彼女は目を開き、微笑みを浮かべている。それから彼女は笑い声を上げて身体を起こすと、彼を抱きしめる。

「ああアラン、あなたの言うことを拒むなんて、とてもできないわ。あなたって、不格好で心地いい古ソファーみたい。わたしはいつだってそれを頼りにするしかないんだわ」

「いつでもご自由にお使い下さい！」と彼は彼女に請け合う。二人とも立ち上がる。彼はセーターを脱ぎ捨て、彼女はブラウスのボタンを外し始める。すると呼び鈴が鳴る。

玄関の呼び鈴が鳴る。彼は麻痺したように立ち尽くし、小声で言う、「クソッ」

彼女が声を張り上げる、「やっぱりだれか来ることになっていたんじゃないの！」

「何を馬鹿な。そんなことないさ。呼び鈴なんか気にしないで。もっと静かに話してくれないか、ヴラスタ！」

呼び鈴が鳴る。

「玄関にだれがいるか知らないとでも言うの？」

「知るものか」

「それなら玄関へ行って、追い払ってきなさいよ」さっさとブラウスのボタンをとめながらヴラスタが叫ぶ、「あなたが行かないなら、わたしが行く！」呼び鈴が鳴る。彼女は大股で玄関口に進む。彼は彼女の前でばたばた動き回って、思いとどまらせようとし、背中を玄関のドアにつけると声を殺して言う、「落ち着いてくれよ、ヴラスタ」

「ドアを開けて。開けないと、悲鳴を上げるわよ！」

歯を食いしばりながら彼は言葉を漏らす、「もしかすると、もちろんそうじゃないかもしれないんだが、ぼくが心から賛美し敬服している若い女性かもしれないんだ。彼女を混乱させたくない、聞いてるかい？　ぜったいに怒らせたくないんだ！」

呼び鈴が鳴る。ヴラスタは冷淡に微笑み、腕を組んで言う、「それならドアを開けたら」


彼はドアを開ける。レインコートを着て中折帽をかぶった体格のいい男が立っている。男は言う、「スコットランド電力です。検針をさせてもらいたいんですが」

「どうぞ」とアランは言う。彼は戸棚を開け（ヴラスタは大きな部屋にぶらぶらと戻ってしまっている）、男は懐中電燈の光をずんぐりした黒い箱の文字盤に当てる。

「遅くなってごめんなさい、アラン」小柄でかわいい、年のころ十八歳くらいの娘がそう言いながら、家に入ってくる。

「やあ」とアランは言う。彼女は大きな部屋に向かう、そしてアランの耳に「こんにちは――リリアン・パイパーです」と言う彼女の明るい声が聞こえる。

次にヴラスタが「もちろん彼の学生さんよね」と言うのが聞こえる。

「そうです！」

「あの人ったら、なんて臆病者なのかしら」

「オーストラリアじゃ」と体格のいい男がノートに数字を書き込みながら言う、「どのメーターにも玄関ドアの外から読める文字盤がついているんですよ。ここもそうならいいんですけどねえ」

「そうだね、ご苦労さん」とアランは言って、体格のいい男を外に出してドアを閉め、女性たちの仲間に加わる。

ヴラスタ（厳しい顔つきで腕を組み、仁王立ち）が部屋の中央。リリアンは暖炉のそばに立ち、皺になったベッドカバーとそのわきに脱ぎ捨てられた彼のセーターを見ながら、何やら考えこんでいる。

「リリアン」とアラン、「こちらヴラスタ――ヴラスタ・チャーニック。古くからの友人で、ここ何年も会っていなかったのが、きょう不意に訪ねてきてね。ほんの十分か二十分前のことなんだ」

「この人ったら検針の男が来たとき、わたしを誘惑している最中だったのよ」とヴラスタが説明する、「わたしのブラウスを脱がせていたの」

「それって本当なの？」リリアンが彼に尋ねる。

「ああ」

「まあ、アラン」

リリアンは長椅子に腰を下ろす。アランは安楽椅子に。二人とも等しく沈んだ様子。ヴラスタは一方からもう一方へ怒りのこもった目を移す。疎外感を味わいながら幕の上がるのを待つ。

とうとうアランがリリアンに言う。「来ると言っていた時刻に来てくれればよかったんだ。遅いからもう来ないものと思ったんだよ」

「ほんの四十分遅れただけじゃない！　いままではいつだって時刻守っていたでしょう」

「分かっているよ。だからぼくは……電話もくれなかったし……ぼくに急に嫌気が差したんじゃないかと」

「何でそんなふうに考えたの？　この前会ったとき、あんなに楽しかったじゃない……違った？」

「そりゃぼくは楽しかったさ。でも君は？」

「楽しかったわ、当り前じゃない。そう言ったでしょ」

「ただ気を使ってそう言ったのかもしれないし。女性はたいていそうしたときには気を使うものだから。十五分間待ったあとぼくは考えたんだ、このあいだ彼女は楽しかったと言ったけど、それは気を使ったまでのことだったと。そして二十分後にはこう考えた、彼女は来ない、もっと面白いだれかと会っているんだと」

リリアンは目を見開いて彼を凝視する。

「この人は全然自信ってものがないのよね！」とヴラスタが勝ち誇ったように叫ぶ。「弱虫で臆病者で口先三寸の詐欺師で。それに何より退屈なのよ。ほんと、死ぬほど退屈」

「何をおっしゃってるの」とリリアンは言うが、声に力がない、「ときどきとても気の利いたことを言ってくれますもの」

「例をあげてもらえるかしらね」

リリアンは懸命に考える。そしてついに言う、「この前の日曜日、二人で公園を散歩していたんです。そしたら彼、言いました、今日の草原はずいぶん緑が映えているね、でもそれが草原の存在理由なんじゃないかなって」

「わたしの言葉を引用したのよ」とヴラスタは満足げに言う、「そしてわたしはその言葉を書物から採ったのだけど」

「この方の言葉を引用したの？」リリアンがアランに尋ねる。彼は頷く。リリアンは溜息をつき、それからヴラスタに、気の利いた言葉が重要なんじゃない、アランはとてもやさしい誠実な言葉をかけてくれて、そっちの方がよほど重要なのだと告げる。

「へえ！」とヴラスタは声を上げ、血の匂いを嗅いだ軍馬のように深く深く息を吸い込んで言う、「それはまた興味津々のお話ね――そのやさしい誠実な言葉とやらについて教えてちょうだい」

彼女は大股で長椅子に歩み寄ると、リリアンの隣に座る。

「シェリーを飲みたい人は？」とアランが声高に尋ねる。暖炉のそばに移動していた彼はすでに重いカットグラスのデカンターの栓を開けていて、いまそれをマントルピースに並べられた繊細なグラスの上で傾けている。女性たちは彼を無視する。彼はグラス一つを満たし、ぐいっと飲み干すと、もう一度注いで、また一気に飲む。

ヴラスタが言う、「彼のやさしい言葉のひとつでいいから教えてよ」

「お教えしたくありません」とリリアンがそっけなく言う。

「それじゃ、わたしがひとつ話してあげる。何がいいかしら……そうだわ、いっしょにベッドに入ったとき、彼は伸びをすると、本当に心の底から感謝しているみたいに、有難い、わが家に戻ってきた気分だ、って言わない？」

リリアンはすっかり気持ちが落ち込んで口をきくどころではない。ただ一、二度頷くだけ。アランが三杯目のシェリーを飲むのを見たヴラスタが言う、「酔って空元気《から》をつけようってわけね」

「自己麻酔をかけようとしているんだよ」と彼は彼女に向かって不機嫌に言う。リリアンが「シェリーをちょうだい」と言いながら、彼のところに近づく。

彼女がデカンターに手を伸ばす。アランが彼女に手渡す。彼女はそれを炉のタイルに落として粉々に割って、「自己麻酔をかける資格なんかないわ」と言い、彼から離れる。泣くまいと手を握りしめている。彼は「リリアン！　リリアン！」と声をかけながら驚きのあまり目を見開き、それから溜息をついてしゃがむと、火掻き棒などのはいったスタンドから真鍮の取っ手のついたシャベルとほうきを取り出して、散らかったかけらを掃除しはじめる。

しかし彼以上の驚愕に襲われたのはヴラスタの方。彼女が叫ぶ、「素晴しい！　あなた見事よ、かわいいリリアン。わたしがいつも真実を言うものだから、みんなわたしのこと激しい暴力的な女だと思ってる。でもこれ本当のことだけど、とても家財をぶち壊す度胸なんかわたしにはないのよ」

リリアンが難詰するように尋ねる、「そのほかにどんなやさしいこと、彼はあなたに言ったんです?」

「やめろ!」とアランが叫ぶ。ほうきとシャベルと割れたグラスを石炭入れに投げ込むと、断固たる口調で言う、「放っておいてくれないか、ヴラスタ。ぼくたち二人とも、君のご希望以上にみじめになったから」

彼はリリアンより頭と首だけ背が高く、ヴラスタより頭半分背が高い。そして今日初めて彼のその立派な体軀が威厳を匂わせる。しかしヴラスタは、「わたし楽しいんだもの。絶対に帰らないわよ」と言い、彼の凝視をはね返すようにほがらかに笑う。それで彼は静かな口調でリリアンに言う、「ぼくは馬鹿だった、とても愚かだったよ、リリアン。でも一週間か二週間たったら、ぼくを許せる気持ちになってくれるかもしれない。いや、そんなにかからないかも。そう願っているよ。本当に。でもいまここはまともな人間には耐えられない状況だ。どうかこれ以上彼女に傷つけられないうちに帰ってくれ」

「あの方に傷つけられたりなんかしていないわ」とリリアンは言う、「あなたに傷ついたのよ。でもこれ以上、傷つけられるつもり、ありませんから。ねえヴラスタ! 有難い、わが家に戻ってきた気分だ、のほかに、彼どんなこと言いまして?」

「こんな会話は一向に楽しくない!」とアランが声を荒げて言う、「君たち二人は楽しいかもしれないがね、ぼくは違う。好きなだけぼくを生体解剖するがいいさ――ぼくのいないところでね。母さんの家に行くことにするから。お茶を飲みたければどうぞ台所をご自由に。出て行くときには玄関のドアは自動的に鍵が閉まるから。それじゃ、さようなら」

もう彼は玄関口に出て、棚からコートを取り出している。リリアンの言うのが聞こえる、「あの人って相当な家自慢よね。この家っていくらぐらいかかったのかしら?」

「それは相当でしょうね」とヴラスタ。「あなたそれも割ってしまう気?」

リリアンが立ったまま時計にかぶさったガラスのドームに乗せている姿が、戸口にいる彼のところから見える。彼はコートをその場に落とし、足早に歩く夢遊病者のように両手を伸ばして彼女に近づきながら言う、「リリアン、止めてくれ!　その時計にはマッジ・ピルエットの三重脱進機構が付いているんだ。お願いだ、どうかお願いだから、そっとしておいてくれ!」

リリアンは時計から手を放すが、本箱の上にあった薄い粘土製の装飾品を摑む。それを頭上に旗竿のようにまっすぐ立てて言う、「これはどうかしら?」

「それはシャンクスの作ったテラコッタだ!」と恐怖に顔を歪めてアランが叫ぶ、「アーチボールド・シャンクスの手になるものなんだぞ。冗談じゃない、リリアン、気をつけてくれ!」

「不思議ね、この人はものが傷つかないようにとっても気を配るのに、人の感情が傷つくことにはひどく無頓着なんだから」とヴラスタが言う。アランはこの窮地を大学教師の論理で克服しようとする。

「まず第一に、ぼくは人の感情を傷つけようとしたことなんかない、ただ、つまり、自分で楽しもうとしてきただけなんだ。次に、言うまでもないけれども、ものは感情よりも大切である。これが第二点。人間、子供でなければ、だれであっても傷ついた感情から回復するが、精巧に作られた時計なりセラミック、そして人間の労力と技と才能を費やして生まれたある種のものは、永遠にこの世とおさらばということになってしまう。お願いだ、リリアン、その小さな立像を置いてくれ」

「割っておしまいなさい！」語気鋭くヴラスタが言う。

自分がこれからどんな行動を取るかについて、大の大人二人からこんなにも関心を持たれたのは、リリアンにとって初めてのこと。それで彼女はふざけてみたい気分になる。それにアランの演説の最後の部分にいささかなりとも感動していた。手にした小さな立像は単純化されすぎていて、具体的な人物像が見えるわけではないが、明らかに女性であるらしい。彼女はそれを腕に抱えて子供を寝かしつけるようにゆすり、頭をなで、そして言う、「心配ないわ、小さな像ちゃん。痛くなんかしませんよ、あなたの持主がいい子で振る舞って、人生がちょっと辛くなるとお母様のところに逃げ帰るなんてことしなければね。お座りなさいな、アラン。この人について何をおっしゃろうとしていたの、ヴラスタ？」

彼女はヴラスタの隣のソファーに腰を下ろす。アランは一瞬ためらった後、安楽椅子に力が抜けたように身体を沈め、チキンに気がつくと脚を引きちぎり、それを口にすることでわが身を慰めようとする。

「あなた気づいているかしら」とヴラスタが言う、「この人、女性を誘惑するのにいつも手近なところに食べ物を用意しておくの。明らかにセックスと食べることとが彼の頭のなかではすっかり混じりあっているんだわ。それがはたして何を意味するのか、まだきちんと答が出たわけじゃないけれど、でも、何かとっても気持ち悪いことはたしかよね」

アランは憔悴した様子で手のなかの骨を見つめ、それからそれを下に置く。

「それからもう一つ」とヴラスタが言う、「彼は肉体的に強い恋人ではないわね」

「そうかしら？」とリリアンが驚いて尋ねる。

「いえ、わたしたちに快感を与えないという意味じゃないわ。だけど、言葉に頼りすぎるのよね。ちょっとしたモノローグやらエロティックな空想やらを、のべつまくなし囁いたりして。言いたいこと分かる？」――リリアンは頷き、アランは耳に指で栓をする――「彼がそうした小細工を前戯に紛れこませて相手を興奮させるのはそれで構わないけれど、いざ自分が絶頂に近づいてくると、ただ仰向けになってあとの仕事は女にまかせるのよ。結局それが退屈になってくるわけ。付き合ってどれくらいなの？」

「二週間」

ヴラスタはアランを見る。そして声を張り上げる、「指を耳からお取りなさいよ！」

リリアンは小立像の足の部分を持ち、ナチの敬礼の角度にそれを差し出す。ヴラスタが叫ぶ、「この彫像を作った才能と技はどうなるの。恥ずかしさのあまりわずかばかりの事実にあなたが耳を閉ざしたために、素晴しい才能や技がこの世から永遠におさらばするのを黙って見ようってわけ？」

アランは耳から指を離し、今度は顔を覆う。女たちはしばし彼を眺める。それからヴラスタが言う、

「あなたにはどんなモノローグを使った？」

「王様と女王のやつ」

「わたし、それ知らないわ」

「二人が王様と女王で、太陽を浴びた塔の上で愛しあうっていうまねごと。眼下には赤い屋根の並ぶ小さな町と、帆船が出たり入ったりしている港が見えるの。海の上の船乗りたちも丘の上の農夫たちも、何マイルも遠くからわたしたちを見ることができる。そしてわたしたちが愛しあうのをとても喜んでいるっていう話」

「とても詩的だこと！　でもその場面、不思議と見知ったもののような気が——ああ、そうだ、思い出した！　彼に貸した本、ユングの『心理学と錬金術』に載っていた絵だわ。でもあなた、まだミス・ブランディッシュにはならないですんでる？」

リリアンは呆然とした表情を浮かべて立ち上がり、指を鳴らしながらベッドの方へ歩く。アランがベッドにうつぶせに身体を投げ出し、カバーにすっぽり顔を埋める。女二人が彼のあとを追う。リリアンは相変わらずあやすように腕に小立像を抱えている。二人はアランのかかとをあいだに、ベッドの端に取り澄まして腰を下ろす。

「ええ」とリリアンが言う、「ミス・ブランディッシュには一度もならないですんでいるわ」

「最後にはさせたはずよ。『ミス・ブランディッシュの蘭』って、サディスティックなアメリカのスリラーで、十歳か十一歳のとき読んで、彼、強烈な印象を受けたらしいの。イギリスに国がきちんと検査したしかるべき売春宿のないのがいけないのよね。若い男たちは本やら映画やらを通じてセックスを知るんだけど、そうしたものってひどく奇妙な観念を植えつけるでしょう。アランはどうしようもない腰抜けだから、彼の心の奥の夢想はマゾヒスティックなものだと思っていたんだけど——甘かったわ。ミス・ブランディッシュをやらなくてはならなかったんですもの。そのとき彼の方はと言えば、怪しいシカゴ訛で狂人みたいに喚きたててね。それは彼の食べ物へのこだわりと関係しているかしら？　もちろんそう！　幼年時代に母親から十分乳をもらえなかったという事実が、彼を口愛性サディストにしたのだし、そればかりか、彼の物に対する執着は口愛期及び肛門期脱皮不全症候群が転移したものなのだわ」

アランは身動き一つせず、小さいけれども本物の悲鳴を上げる。

「第二ラウンド終了」とヴラスタが楽しそうに言う、「敵はばったりダウン」

しかしリリアンは楽しそうではない。小立像をていねいに床に置き、悲しそうに言う、「あのね、そうしたときの彼の言葉を聞くと、わたし、自分が特別だいじにされていると思えたんだけれど……」

「それがいままでは、中古のレコード・プレーヤーといっしょに寝ていたことが分かったわけだ」

アランは思うように言葉が出ない様子で、顔を横に向けて言う、「もしぼくが——ときに——君たち二人に同じことを言った——としても——それはつまり——君たち二人が——ときどき——ぼくに同じような感情を惹き起こした——からということに他ならない」

「同じような感情を惹き起こした女性は何人いるの？」とヴラスタが詰問口調で言い、それからリリアンがすすり泣いているのに気づく。ヴラスタは彼女の肩に手を置き、しゃがれた声で言う、「泣きなさい、泣けばいいのよ、かわいいリリアン。わたしもここへ来たとき泣いたわ。あなた、まだ泣いてないじゃないの！」とアランを非難する。

「ぼくは泣かないよ」と声高にアランは言い、身体を起こしてにじり寄るようにベッドの端のリリアンの隣に移動する。ためらった後、彼は言う、「リリアン、これまで時間がなくて言えなかったけど、愛しているよ。君のこと、愛しているんだ」

彼はヴラスタの方に目をやって言う、「君のことは全然愛していない。ほんのかけらもだ。でも君だってぼくのことを愛してはいないのだから、どうしてぼくを貶めることにそんなに熱中するのか分からないね」

「あなた、貶められて当然よ、アラン」とリリアンが心ここにあらずといった悲しげな口調で言う。彼は彼女のそばににじり寄り、嘆願するように言う、「ぼくは正直なところ、そう思っていない！これまで利己的だったし、食べ物にこだわりすぎたし、愚かだった。ヴラスタにたくさん嘘をつきもした。でもだれかを傷つけようとしたことは決してない。冗談としてさえない。ぼくの大きな欠点はいちどきにあまりに多くの人を喜ばせようとしたことなんだ。いや本当のところ、リリアン、君が時間通りに来てくれてさえいたら、こんなことになるはずがなかったんだ……」

彼女の顔を見るために立ち上がった彼は、足で小立像を潰してしまう。女たちも立ち上がり、割れた破片を眺める。

彼はゆっくりとひざまづき、一番大きな破片ふたつを手に取り、信じられないといった面持ちでそれを目の高さにまで持ち上げる。それから口をへの字にひん曲げて、それをゆっくりもう一度床に戻し、再びベッドにばたんと横になる。リリアンが隣に腰を下ろし、彼をまたぐように手を伸ばして身体を支える。彼女が悲しげに言う、「こんなことになってお気の毒」

「その人に同情しているの？」と軽蔑したようにヴラスタが言う。

「生憎そうなの。見て、彼、泣いているわ」

「その涙が本物だなんて思わないでしょう？」

リリアンは彼の頬に指先を触れ、それを嘗め、もう一度頬に触れ、指をヴラスタの方に差し出して言う、「いいえ、本物よ。嘗めてみたら」

ヴラスタも腰を下ろし、リリアンの指を唇に押し当てると、そこから離さない。ヴラスタが言う、「あなたの指、なんてきれいなのかしら——柔らかくて、小さくて、形がいいわ」

「あらそう？」

「そうよ。わたし、少々男まさりでね。そうじゃなければ、だれがこんなめめしい男なんかに！」

しかしリリアンはこのゲームにうんざりして、指を引っ込める。

そしてアランに近寄り、静かに彼の首に手を置いて、呟くように言う、「アーチボールド・シャンクスは小さな立像、いくつも作ったはずでしょう。いつだって新しいのが手にはいるわよ」

くぐもった声で彼が言う、「そんなことじゃない。ぼくは君とぼくの仲をぶち壊してしまった、二人の仲を台なしにしてしまったんだ」

リリアンは「あなたのこと、憎んでなんかいないわ、アラン」と言って、さらに近くへすり寄る。二人を見ていたヴラスタは再び疎外感を味わうが、怒りや弾劾が疎外感を深めることを知っている。彼女もまたアランに対して気持ちが軟化するのを感じる。憐れみだろうか？　ちがう、断じて憐れみではない。彼女は男に憐れみなど感じたりはしない。彼女は男を、とくにアランのような小賢しい策士を破滅させるのが楽しいのだ。それでもそんな男をやっつけてしまった後では、そしてそこから出て行って孤独を感じるのが嫌なときには、その男をもう一度立たせてやる、そう、ボーリングのピンみたいにもう一度立たせてやる以外、何ができるだろう？

「わたしだって本気であなたのこと憎めやしないわ、アラン」と彼女は言い、反対側から彼にすり寄る。そして彼は、心の底からの感謝の念とともに、有難いことにわが家に戻ってきた気分、を味わう。

黄金の沈黙の喪失

代半ばの彼女は身のこなしも着こなしも魅力的ではないので、いまのように動かずじっとしているときだけ素敵に見える。彼女は床に寝そべり、机として使っている安楽椅子の座席部分に両腕を載せている。片手に鉛筆、その下にはノートブック。椅子の背に本を開き、もたせかけて熟読中。金持ちでもなければ貧乏人でもない人間が使っていることだけを物語る家具のしつらえられたこの部屋で、それだけが唯一の書物。これは下宿するための部屋で、生活するための部屋ではない。もっとも思考がしばしばどこかよそへさまよい出るなら話は別。彼女は顔をしかめる。一文を書き記す。線を引いてそれを消す。顔をしかめ、新しい文を書く。黒い眉毛のあいだに走る縦皺が彼女の顔に見られるたった一本の線。

ドアが開く。彼女は本とノートにクッションをかぶせ、それから正座の姿勢になって男が入ってくるのを見つめる。男は彼女より十歳ほど年上。上等なツイードのオーバーコートを着て、心配そうに呟く、「鍵だ、鍵を忘れた」

「そこよ!」と彼女は言って指差す。男はレコード・プレーヤーの上から鍵を取ると、ドアの方に引き返しかけるが、彼女のそばで立ち止まり、「クッションの下に何を隠したんだ?」と訊く。

「何にも」

「馬鹿言うなよ」

「それなら見てみたらいいじゃない」

「どうも。そうするよ」

男はクッションを掴み、躊躇し、言い訳がましく尋ねる、「見ても構わないのか?」

「ええどうぞ、見なさいよ、見なさいってば!」彼女は叫んで立ち上がる、「わたしにそれを止める権利なんてないもの。これ、あなたのクッションだし。ここ、あなたの部屋なんだから」

男はクッションをどける。本を取り上げ、タイトル・ページを開く――『千年王国の追求――中世における革命的アナキズムの研究』

「実に賢い」と男は呟き、本を元の場所に戻し、ソファーに腰を下ろす。握った両手を膝の間にはさんでいる。この落ち込んだ姿勢が彼女を怒らせる。男を見下ろしながら、彼女は軽侮の念を露骨ににじませた調子で言う、「ベッドの下の緑色したぼろぼろのスーツケースのなかに何が入っているか教えてあげましょうか。フィリップ・シドニーの『アルカディア』にミルトンの『失楽園』にワーズワースの『序曲』よ。それからイギリス叙事詩についての論文のための山のようなノート類」

男は溜息をつく。女はしばしば行ったり来たり歩き回ってから言う、「急がないと。オフィスに遅れるわよ」

「何のオフィスだ?」と男が驚いて尋ねる。

「どこであれ、あなたが九時から五時まで働いているところよ」

「君はぼくの生活を何も知りやしないさ」と男は切り口上で言い返す、「それともぼくに来た手紙を読んでいるのか?」

「だれからもあなたに手紙なんてこないわ」

「よし! 毎朝あのドアの向こうへ出ると、ぼくは謎になる。もしかしたら働く必要などないのかもしれない。或いは毎朝愛人に逢いに行くのかもしれない。別の愛人にね!」

「それじゃあ急がないと。別の愛人との逢瀬に遅れるわ」

しかし男は動かない。

彼女は座り、本を読もうとし、読めないので下に置く。

「ねえ聞いて」と和らいだ声で彼女は言う、「男の人が賢い女を嫌うってことは知っているわ。十二歳のころからずっとね。でもわたしたち仲よくやってきたじゃない。わたしが賢い女だってこと、忘れてちょうだい。わたしも思い出させないようにするから」

「君が賢いから気分が沈んだわけじゃないよ。会った瞬間からものをよく考える人間であることは分かっていたさ。沈んでいるのは、君の頭のなかでどんなことが起きているか分かるからなんだ。こんど君が顔をしかめたら、ぼくは考えるだろう、『畜生！　彼女は論文のことで頭を悩ましている』ってね」

「なんで、畜生！　なのよ？　どうしてそれで気分を害するわけ？」

「何か楽しく元気づけることを言わなくてはいけない、って気にさせられるからさ」

「普通のちょっとしたやさしい言葉をかけることが、そんなに腹立たしいの？」

「ああ」

「何て身勝手な態度！　どっちみち、論文のことでわたしを元気づけることなどできないけれど。あなた、あまりに無知だから」

彼は目を見開いて彼女を見つめる。彼女は顔をあからめて言う、「ごめんなさい。あなたは本を持っていないし、わたしは本を重要視しすぎる。あなたはきっとあなたなりの形で、わたしと同じくらい賢いのよね。お仕事は何なの？」

「教えない」

「どうして？」

「あれこれ知られるようになったら、きっと軽蔑されるからね」

「どうして？　広告関係？」

「もちろん違うさ。だが、親しさは軽蔑を育てるからな」

「そうとは限らないわ」

「いや決まってそうだ！」

彼女は立ち上がり、歩き回りながら言う、「わたしたちの友好関係はこの五分間に急激に悪い方に転回したようだけど、それはわたしのせいではないわ」

彼は再び溜息をつき、それから尋ねる、「君は結婚経験があるのかい？　或いは（結局同じことだけど）だれかと長くいっしょに暮らした経験は？」

「ないわ。でも男たちが何人かわたしのところで暮らしたことはある」

「長い間？」


彼女は少し考える。彼女の最後の恋人は刺激的な青年だった。彼はその仕事ぶりや考え方、ルックスのよさと早い口調が受けて、テレビのショー番組に何度か出演したこともあった。彼は他人からの多くの賞賛と支持を必要とした。彼女にとってそれらを与えるのは容易なことだったが、それも、彼女の親友で一緒に部屋を借りている女性をも彼が恋人にしていることが分かるまでの話。それを知ったとき彼女は悟ったのだが、彼は他人の感情を餌にするヒルのような人間で、そのためにチョーサーがラングランドからいかなる影響を受けているかに関する彼女の研究は一ヵ月以上も遅れてしまったのだ。彼女は厳しい口調で言う、「長すぎたわ」

「それじゃあ、プライバシーの喪失がどんなものかは分かっているわけだ。まずベッドといくつかの部屋と食事をともにする。最初は楽しい。便利でさえある。それから思考や感情まで共有するようになり、結局ひどいことになって。気がついてないかな、ぼくが朝どんなに機嫌がいいか？」

「トイレットで歌っているのが聞こえるわ」

「うるさいかい？」

「ちょっとね。でも無視できる」

「それが無視できなくなるんだな、ぼくをよく知るようになると。妻は無視できなかった。ぼくが歌ったり、口笛を吹いたり、ハミングすると、頭痛がするって言ってね。それでぼくは胸のなかに旋律をしまいこむようになり、妻と同じだけみじめになった。朝の妻はいつもとても静かだった。夕方になると元気が出てくる、でも夕方も早いうちはまだだめでね。仕事から戻ると、彼女が物思いに沈んでいるのを見ることになる。一人にしてやれば彼女が潑剌とすることは分かっていた。でも出来なかった。彼女はぼくの陽気なのが苦痛だったのだが、ぼくにとっては彼女の鬱々とした不機嫌が同じくらい苦痛だった。ぼくはしつこくあれこれ言っては彼女を幸せな気分にさせようとした――何が問題なのかを訊き、そんなことは大したことじゃないんだと説き聞かせてね。二人が同じくらい上機嫌か、同じくらい沈んでいるときは別だが、そうでないときは決まって小言の言い合いになって、挙句の果てはお互いみじめの極みさ。ぼくたちの会話はどれもがレスリングの試合みたいになったんだ、いまみたいにね」

「いまみたい？」

「これはぼくたち二人の間で交された最初の会話らしい会話だが、君はすでにぼくのことを身勝手で無知だと言ってくれたからね。あやうくダウンしかけたよ」

「始めたのはあなたでしょ」

「そう、悪いのはぼく！　ぼくだよ。何週間も酒を遠ざけておいたのに、一口飲んだら仰向けにぶっ倒れるまで止められないアル中みたいなもんさ。ぼくはもう結婚生活のことを君にこぼしたし、自分の悪癖についても話し始めた。黙らせないと、君はじきに知らされることになるぞ、ぼくの子供時代のこと、学校時代のこと、何をして金を稼いでいるか……」

「あなた、マフィアに雇われた殺し屋？」

「馬鹿言うなよ。ぼくを何枚かの切り身にして、盆に乗せて君に手渡したら、今度は君に話してもらうよ」

彼女は素っ気なく言う、「自分のこと話すの、好きじゃないわ」

「知ってるさ。でもおしゃべりってのは世界中で一番伝染性の強い病気でね。一週間か一ヵ月か一年で、ぼくたちはお互いを完全に知り尽くすことになるね。君はもはやシングルズ・バーでぼくに近づいてきたかわいい謎の女性ではなくなる、ぼくとベッドや朝食をともにする神秘的な彼女ではなくなってしまうんだ。ぼくは君を基本的にみんなと同じ平凡なものに変えてしまうことになる——鬱陶《うっとう》しい過去を背後にひきずった頭痛の種だか尻痛の種にね」

彼女はそれを聞いて笑う。彼はその言葉にもかかわらず活気づき、ほとんど陽気と言えるほどになり、彼女をじっと見つめる。

彼女は彼の隣に座る。肘を膝に置き、握った拳に顎を載せて。彼は注意深く彼女の肩に腕を回すが、かすかに肩がすぼめられたので、彼女がそうしてほしくないことが分かり、その腕を引っ込める。彼女は、彼の妻の抱えた問題はセックスに関係するものだったのではないかと考えている。ベッドの中での彼は主導権をほとんど彼女にゆだねている。彼女はそれがいやではない。最後の恋人はもっと刺激的だったとはいえ、自分の艶技に喝采を求め、それが彼女の疲労を溜まらせたから。この隣に座っている男は、この二週間（彼女の人生でもっとも安らいだ、そして生産的な二週間だった）がロマンティックな冒険だったとでも思っているのだろうか？　何の皮肉も込めずに、胸の中に旋律をしまっておく、なんて言える人間はまず間違いなくロマンティックなのだ。低い声で彼女は尋ねる、「わたしのこと本当にいま言ったみたいに思っているの？　かわいくて——神秘的って？」

「これまでは何とかそう思うことができた。不機嫌チビちゃん以来、君はぼくの人生で最高だった」

「不機嫌チビちゃん？」

「ぼくがあまりに短い間にあまりに多くのことを片付けてしまったときに、彼女はやってきたんだ。あのときは医者から完全休養一週間を命じられて、妻と子供を旅行に出し、電話のコードを抜いてベッドに横になって、やることといえば、うたた寝とテレビを見ること、そして缶詰の食糧を食べることだけ。最高のプライバシーだったな。二日目、ミルクを取ろうと玄関のドアを開けたら、猫が家の中に走り込んできた。なめらかな黒い毛をした小綺麗な猫だったけど、腹を空かせている。そこで食事をやった。ベッドに戻ると彼女もやってきて、ぼくの膝の裏で身体をまるめる。なでたり、さすったりするといい気持ちだった。とても優雅で……手触りがよくて。外に出たくなって足先でドアを叩くから、出してやった。ところが翌日の朝、ミルクと一緒にまたやってきたんだ。一週間近く仲よくやったよ、お互い文句も言わず、いじめもせずにね。わが人生の最高のときだったな、君と出会う前のさ」

「ありがとう。それで彼女どうなったの？」

「子供たちが戻ってくると、連中が彼女を引き取ってしまった――ぼくが仕事に戻ると、連中のほうが彼女と接する時間が長いからね。家族がぼくと別れたとき、彼女も連れていってしまったんだ」

「お気の毒。彼女がいればわたしなんか必要なかったのにね」

「冗談じゃない！　君は腕やら脚やらその他いろいろ、女性としての付属品を完備した人間じゃないか。不機嫌チビちゃんより君のほうがずっといいよ」

彼女は立ち上がり、彼のそばを離れる。強い感情が湧き上がって言葉が出ない――楽しさ、憐れみ、絶望、そして怒り。怒りが一番強い。彼女はそれを無理に静めて、彼の言葉を聞く――「ぼくたちの友好関係は新たな局面に突入しつつあるようだね」

「そんなことない！」と彼女は彼の方を振り向いて言う、「そうならない方がいいの。話についてのあなたの意見、同感よ。言葉は詩や劇の外では、有益というより害を及ぼすことのほうが多いわ。それに劇だって騒動の原因になったことがあるもの。さあ、また沈黙のスイッチをいれましょ。わたしたちが一緒にここに来たのは、多くの哺乳類と同じで、一人で眠るのに耐えられなかったから。あなたがわたしに惹かれるのは、わたしのことを知らないから。わたしがここで暮らすのを気に入っているのは、あなたが清潔で、紳士的で、物わかりがよくて、それでいて、わたしの関心を引かないから。あなたこれでダウンかしら?」

彼は頷く。口が開いて、顔色がいつもより蒼ざめている。彼女は笑って言う、「心配いらないわよ。わたしが抱え上げてあげるから。あなたの愛人ですもの、猫じゃなくって。腕があるんですものね」

彼女は、彼が一度手にしたけれどまた放り出していた鍵をレコード・プレーヤーの上から取り上げ、彼のコートのポケットに入れ、彼の手を握って引っ張る。彼は溜息をついて立つ。

「キスして!」と彼女は言う。彼がキスをしないので、彼女が激しくキスをして、とうとう彼の唇がゆるむ。

「さあ、どこへなりとあなたがいつも行くところに行ってらっしゃい」と彼女は言って、彼の手を取り、玄関まで連れていき、ドアを開ける。

「でも……」と彼は言って、立ち止まる。

「シッ!」と彼の唇に人差し指を押し当てながら彼女が囁くように言う、「あなたが戻ってきたとき、わたし、ここにいるから。さあお行きなさい」

彼は溜息をついて出かける。彼女はドアを閉め、勉強に戻る。

あなた

は結婚式に出かける。そしてその後の宴会。新郎側の人間と新婦側の人間は互いに初対面なのがこうした席の常。緊張。新郎の一族はイングランドの人間。こちらに来るのは初めてで、自分たちが新婦側の人間——スコットランドの人間、つまり先住民——より財力があって、優越感を抱いていることが表に出ないよう気をつけている。あなたは新婦の友人たちの小さなグループのなかにまじる。最上のドレスを着込んだところで新郎の妹たちや女友達のドレスと比べればどうせ安っぽく見えることが分かっているから、みんな一様にジーンズを見事にぼろぼろにして、ドレス・アップならぬ意図的なドレス・ダウン。胴を

剝き出しに見せているデニムの小さなジャケットが、新郎側の連中に、あんたたちが服にどれくらいお金をつぎ込もうが関心ないもんね、と無言で語る。新婦側の人間の味わう屈辱感。あなたは同情する。新郎側の人間は楽しげに振る舞う。でも底抜けに楽しいわけではないかもしれない。だからあんな連中、知ったことじゃない。この背の高い少し歳のいった――三十近いだろう――男は、自分が人当たりよく映ることを知っていて、身だしなみを整えているタイプ。まわりに視線を走らせるが、じろじろ見つめるのではなくて伏し目がち。でもその目は少しだけ面白がっている風で、やあ、君は素敵だね、おつき合い願えるかなと問いかけている。若い娘に目配せをしているのを誰か他のものに悟られないように注意しながらも、彼がイングランドからやってきた気取った男たちだけのグループを離れないので、あなたはふと考える、（落胆混じりに）ゲイなのかしら？（憤りを覚えて）わたしの身なりをただ滑稽だと思っているのかしら？　そんな男のことなんか忘れてしまえ。

あなたがカウンターで皿に料理を取っていると、彼が近寄ってきて言う、「これを少しお取りしましょうか？」

彼に礼を言い、壁を背にして料理を口に運ぶ。彼も同じようにしながら、感慨深げに言う、「自分の離婚が成立した日に、従兄弟の友人の結婚式に出席するなんて奇妙なもんですよ」

あなたは驚いて彼を見る。彼が言う、「うわべは楽しげに進行していますが、水面下にはずいぶん不穏な雰囲気が流れているような気がするんですがね。そう思いませんか？」

あなたは同意する。

「この緊張はスコットランドとイングランドが同席しているために生まれているように見えますが、実際はそうしたわけでもない。どうしようもないブリティッシュ、つまりイギリス性のせいですよ。イギリスの家族が二つ一緒になると必ず一方が優越感を、もう一方が劣等感を味わうんですね。その結果、疚《やま》しさと恨みが生まれ、猫も杓子も愚かしく策を弄して立ち回ることになる。こんなふうに緊張した状況っていうのにはうんざりですよ。あなたは?」

あなたは同意する。

「寡黙な女性! そろそろこちら側のお偉いさんとあなたの方のお偉いさんに挨拶して、おいとましますよ。オールバニー・ホテルまで車を飛ばして、お国の最高の名産品のひとつを味わいたいのでね。マッカラン・グレンリヴェットのモルト・ウィスキーですよ。オールバニーにいらしたことは?」

あなたは、ない。

「そりゃいい。滞在したことはないんですが、バーがいつも静かで居心地がよくてね。ひとつあなたとグラスを傾けたいですね。いや、(真顔になる) 離婚直後にこの結婚式に出て、寂しくなりましてね。あなたは素敵な話し相手になってくれそうですから。約束しますよ、離婚した妻のことやあの女の汚いやり口の話は一切しないとね。もっと楽しい別の話がしたいな。あなたのことを話したいですね。いけ好かないイングランド人に少しばかりメスを入れられるのをあなたが厭《いと》わないならばですが。いまは何もおっしゃらないで下さい、わたしはもう行きますから。十五分後に駐車場に停めてあるダークブラウンのリライアント・シミターのなかで待っていますよ。軽薄な色をした軽薄な車ですが、わたしには似合いでしょう。どうやって手に入れたかは言えませんがね」

こんな服を着た女の子がオールバニー・ホテルに入れるか、とあなたは尋ねる。

「そんなうんざりするほどイギリス的な言い方はお止めなさい。でもわたしをちょっとからかっているだけですよね」


彼は出ていく。同じ手を前にも使ったことがあるのだ。気をつけないと。


オールバニー・ホテルのラウンジは二階にあって、滞在客とその客を訪ねてきた人たちの専用になっている。彼はそのどちらでもない。しかしウェイターは何も言わずに給仕をする。彼のような声と身なりをした人間はどこへでも行けるのか？　もっとも、彼は酔おうとはしない。

「甘口、それとも辛口？」

あなたは甘口が好き。

「了解。特別のカクテルをご馳走しよう。わたしがマッカランをちびちび飲むのと同じくらいゆっくり飲むといいですよ。味わい深いこと、請け合います。そのあとコーヒーを飲んだら、おたくまで車でお送りしますから。ご家族と一緒の家に暮らしているのですか？」

あなたは狭い部屋を借りて住んでいる。

「誰かと共同で？」

あなたに共同生活者はいない。

「それがいい。共同生活なんてろくなもんじゃありません。そのおかげで壊れた友情は数知れずありますからね。ご家族のこと、聞きたいですね。自分自身の家族がなくなったものだから、他の家族の話が恋しくなりましてね」

父と母、親戚のことを教える。彼は考え深げに「この世にまだ愛情をしまっておくポケットが残っていることを知るのは悪くありませんね」と言った。

あなたは彼の両親について尋ねる。

「おっと、そりゃきわどい話題ですね。めったに顔をあわしません。クリスマスになっても。父親はつまらない男です――まったく話にならないほどに。仕事でひとやま当てると、さっさと引退してね。母親はひたすら家族の支え役。二人していまは地中海のミノルカ島で暮らしています。あまり仲のいい夫婦じゃなかったんですが」

あなたは顔をしかめ、困惑する。彼の言葉から浮かび上がるのは、恐ろしい大虐殺の後、離ればなれになった、或いは支えあっている肉体を持たぬ人々。溜息。沈黙。そこに飲物が運ばれる。あなたはちょっと口をつける。おいしい。彼にそう言う。

「気に入ると思いました。よかったらお仕事は何をしているのか教えてくれませんか?」

あなたは教える。

「会社の雰囲気はどんなです?　上司は?」

あなたは答える。

「不躾でなければ――給料はどれくらいですか？」

あなたは答える。

「何とケチな！　そんな安い給料でやっていけますか？　みんなで何か手を打たないといけません。ロンドンにいらっしゃれば給料はもっといいんですから。わたしには分かります。あなたの会社のような――他にも色々ですが――ところを調べている経済研究所に勤めているのでね」

そんなことに騙されては駄目。ロンドンでは物価が高い、とあなたは言う。とくに家賃は。

「おっしゃる通り。だからロンドンでは給料も高いということですが。でもどこでも家賃が高いというわけじゃない。もしロンドンにいらっしゃる気になったら、まずわたしに御連絡下さい。さて、そろそろお送りしましょうか」


彼は車に戻る途中も、車の中でもあなたに触れようとはしない。家についても運転席に座ったまま。部屋に上がるようにと誘わないでいると、彼はハンドルに手を置いたまま、横目使いに微笑んでいる。ありがとう、おやすみなさいだけ言おうと思いながら、あなたの口から出るのは、部屋へどうぞ。驚くほど素晴らしいセックス。彼は最初のうちシャイ――それはあなたを気恥ずかしくさせる類のものではなく、魅力的なシャイネス――だが、そのうち誘いに力強く反応する。時間をかけて指であなたの気分を高める。それから舌で。「この道具を使って、金を稼いでもいるんだ」と囁きながら。

そのうち彼はコンドームをはめながら言う、「君の身体のことを考えてね。君には想像もつかないところを旅してきたから」。この人といると心が安まる。こんなにセックスに時間をかけられる人は初めて。あなたは彼にそう言う。彼は「二人ともセックスの才があるんだ。近々また」と言う。

そうね、近いうちにまたね。

もちろん彼の金がことを円滑に運ぶ。二度目の夜は週給（彼の週給ではない）より金のかかるシャンドン・バッテリーでの食事から始まる。三日目の夜はデヴォンシャー・ガーデンズでの同じように豪勢な食事から。四日目はディスコの後でセントラル・ホテルでのやはり高価な食事。あなたはそんな食事が好きではない。オードブルとデザートは別だけれど。メイン・ディッシュは凝りすぎている。ソースが濃厚すぎて、スパイスが利きすぎている。そんなことは口にしない。そして彼はその間ずっとやさしく、丁重で、ジョークを飛ばす。顔や名前が新聞種になったり、声がテレビから聞こえてくるような有名人の話をあれこれする。彼の話はニュースでは話せないようなもの。あなたは忍び笑いをする（連中はそんなにも馬鹿なんだ）、頬をあからめる（連中はそんなにもいやらしいんだ）、激怒する（一方にウェストミンスター公のような金持ちがいれば、もう一方には石綿症のような不治の病に冒される人もいるほど不公平にできているんだ）。彼は暗い水槽の前に立っているよう。その水槽には不気味で、残酷で、汚らわしくて、滑稽な魚がうようよいて、代わるがわる互いを照らしだしながら、自分たちがいかに貪欲で役立たずであるかをユーモアを込め、しかし同時に聊《いささ》かの悔恨も込めて説明している。彼はどうしてかれらをよく知っているのか説明したりはせず、また自分自身についで語ることはなく、いつもかれら、他人の話をする。母親や父親、或いは上司について知るのと同じように、かれらの息子や娘から聞き出してかれらのことを知るようになったのだろう。自分自身のことを訊かれると、明確に響く言葉で簡潔に答えるが、明確なことは何一つ言わない。あなたは彼がどこに住んでいるのかを尋ねる。

「ロンドン。半年だけ。だけど、どの半年かが問題だ。会社がわたしを必要とするところならどこへでも行く。いまはスコットランド」

グラスゴーではどこに泊まるのかを尋ねる。

「われわれの会社を頼りにしたことのある人のところに厄介になっている。それがわたしの知識吸収法の一つでね。だから可能なときにはいつでも君のところに駆けつけるよ」

経済研究所について尋ねる。

「経営が手詰まり状態になったところを手当してあげるのさ。合併や吸収を助言したりもする。しごくまともで公明正大な仕事なんだ。正式に登録されている会社だしね。信じられないなら企業一覧を調べたらいい」彼の仕事内容について尋ねる。

「いまのところ新聞を中心にやっている。新聞社で働いているのではなく、新聞社といっしょに仕事をしているんだ。新聞には広告がつきものだからね。したがってマーケティングが必要というわけ。色々複雑に絡まり合っているんだ」

あなたは溜息をつく。馬鹿みたいにあしらわれるのが悔しい。彼の担当が会計事務か、コンピュータ・プログラミングか、それとも時間管理かを尋ねる。

「そう、そうしたものすべてに関係しているけれど、最善を尽くすのは（それも沈着にやれるんだが）穀潰しを潰すことだ」

それって解雇することなの、とあなたは訊く。彼は得意げに笑って言う――「もちろん違うさ、ここはイングランド、いや、失礼、ここはイギリスなんだからね。収入レヴェルが一定以上なら、イギリスでは誰も解雇などされない。わたしのやっている穀潰し潰しは、穀潰しを邪魔にならないところに動かすだけのこと。もし詳しいことを知りたいなら、ロンドン大学の経営理論の授業を取るといい。注意しないと、わたしはしまいにはそこの客員講師になりそうなんだ。わたしの仕事はあなたの仕事よりお金になる。しかし結局のところ、あなたの仕事と同じくらいうんざりするほど退屈なんだ。いやあなたの仕事以上かもしれないな」

しかし彼は短気を起こしたり、落ち込んだりすることはなく、いつもやさしく、思いやりがあって、腰が低く、内側に隠れているに違いない非情さや気怠さを外に出したりはしない。誰だって嫌な部分を持っていて、最初に会ったときには現れないにしても、たいてい二度目か三度目には現れるもの。彼の場合はそれが四度目のとき。

彼はあなたの狭い部屋を七時から八時の間に訪れ、いつもと変わらぬ冗談混じりの申し訳なさそうな微笑みを浮かべて言う――「その服はよくないように思うな」

あなたは何故と尋ねる。

「安っぽく見えるんだ――あなたには似合わない。結婚式で着ていた服にしなさいよ、ぜひともね」

見くびられた怒りに駆られながら、あなたは断る言葉が見つからない。着ている服を脱ぎ、新しい服に着替えようとしているあなたを、彼は間近に腰を下ろして眺めている。あなたは自分の仕草が彼を刺激しているのを知っている。自分も少しだけ興奮する。着替え終わる前に彼は立ち上がって、あなたに近づく。すぐに素早いセックス。あなたは大して楽しまない。彼は溜息をついて言う――「あのときが最高だったな。あなたも気づいていたと思うけど」

同感。あなたは着替えを終える。仕方なく派手な服。

「完璧だ！　あなたはシンデレラみたいな服にぴったりだよ。今日は趣向を変えよう。わたしと知り合いにならなかったら、お楽しみはどこで？　ディスコかな？」

あなたは彼をディスコに連れていく。歳を考えれば、多少ぎこちないながら彼は踊りがうまい。他の人間が（とくにのっぽのジェニーが）あなたの前で、周りで、横で身体を揺すっている彼に注目するのは悪くない。例の仕立てのいいシミ一つないシャツを着て、ネクタイを揺らし、綺麗な金髪を揺らし、それでも慎ましげに楽しそうな微笑を浮かべている彼は人目を引く。

「くたくただよ――ちょっと静かにしてなくちゃ。でもあなたは若いのだから――踊りを続けてくれよ。わたしは嫉妬深いたちじゃないからね。あなたの踊りを楽しんで見ているよ」

あなたは彼に微笑みかける。そう言われて嬉しい。しゃれたレザーのズボンをはいたハンサムなゲイと踊る。ゲイは踊りが上手だから楽しい。それに二人の相手をしている快感――一人は目の前の張り切りハリー、もう一人はこっちを見ている彼。不意に彼がすぐそばで踊っているのが目に入る。その相手はのっぽのジェニー。このディスコで群を抜いて魅力的な女。あなたはちょっと傷つく。でも顔には出さない。二人に微笑みかける。二度。でも二人は気のつく気配がない。ぼくのことは気にしないで踊りを続けてくれよだって。ありがとさん、そうさせてもらうわ。

そしてあなたは急に踊りが楽しくなる。というのも彼といっしょにいるのは（いま初めて気がつく）、セックスをしているときは別として、緊張を強いるから。彼がスマートなイングランドの人間であること、何事についても自分より知識があり、いろんなことを表に出さずに胸に秘めたままにして、だから優越感を持っていること――あなたはいつもそれが忘れられない。踊りの好きな若い男たち、優越感を感じることなく人生を楽しんでいる若い男たちとあなたは踊る。相手には事欠かない。凡人たち万歳！　でも女友達とバーでライム・ジュースを飲んでいると、彼が張り切りハリーと話している姿が目に入る。彼が笑うと彼もまた凡人の一人に見える。そしていままでよりずっと素敵に。あなたは彼を見つめる。彼を欲している。彼はあなたに気づく。笑うのを止め、いつものかすかな微笑を浮かべてやってきて言う――「帰る時間だ」

あなたは嬉しくなる。心底嬉しい。彼を失ったのではと不安だったから。

しかし彼がセントラル・ホテルへ車を向けている間、二人とも口を閉ざしたまま。だから何かがうまくいっていない。彼が口を開かないので、二人とも黙ったままになる。なぜなら話題を決定し、発言を分配するのは決まって彼だから。彼は怒っているのか？　あなたは何も悪いことなどしなかったはず。他の人間と踊りを楽しむのがいけないというのでなかったら。彼は疲れているのだろう。もう真夜中近い。セントラル・ホテルがまだ開いているのは驚き。

ドアマンに会釈もせず、彼は薄いカーペットが一面に敷かれた階段を上ってラウンジに向かう。そこには奥の隅に腰を下ろしているアメリカ人らしい初老のカップルの他、誰もいない。彼がウェイターに言う――「なかなか静かだね。ここで食事ができるかな?」

「もちろんです。いまメニューを持ってまいります」

「その必要はない。こちらのお嬢さんは上等のミックス・サンドがあればいいし、わたしは＊＊＊＊」(この部分はフランス語。)

「申し訳ございませんが、後のお品の方はお出しできません。メニューにいまお出しできるものが書いてございますので。わたしどもは……」

「支配人を呼んでもらおう」

「支配人はいまおりません」

「馬鹿もいい加減にしてくれよ。誰でもいいからいまここの責任者になっている人間と会いたいと言っているんだ」

彼は癇癪を起こしたのではない、声を荒げてもいない。しかしその声ははっきり響いたので、アメリカ人たちは驚いた様子。ウェイターが退き、黒のディナー・スーツを着た別の男を連れて戻ってくる。その男が言う――「申し訳ございませんが、こういうことでございます。昼間担当のシェフが十時四十五分に勤務を終えまして、夜間担当のシェフが……」

「わたしはホテル経営の謎を教えて貰うためにここに来たんじゃない。ここが昔いいホテルだったから来たんで、たまたまお腹が空いていて、＊＊＊＊＊が食べたい。その料理の素材はおたくの調理場で眠っている。それがおいしく調理されるのに必要なだけの費用はいくらでも払うつもりだ。議論の余地はないよ。君を相手に事情を説明したり、哀願したり、脅迫したりするつもりはない。だからわたしに対してそんな手を使うのは止めてくれ。いいかね？」

彼は癇癪を起こしてはいない。チーフ・ウェイターだか副支配人だか分からないその男を、面白がっている風も申し訳ないという気持ちも窺えない固定したような半微笑を浮かべて、見つめる。そのチーフ・ウェイターだか副支配人だかはしばしの沈黙の後、前より青ざめた顔で言う――「当方にお泊まりではないのですか？」

「泊まってはいないし、泊まる見込みもないね。今後ここに顔を出すことはないと請け合おう。だから馬鹿なことは言わないで、注文したものを出してくれないかな」

彼の口調はソフトで、甘く囁くようであり、からかうようでもある。顔に浮かんだ笑みは、自分の前にいる男もいっしょに笑わなくてはならない冗談に向けられているみたいに、ほとんど眠たげである。彼の前にいる男はすっかり青ざめていたが、突然頷くとその場を去る。

「ちょっと！」とイングランドの男が声をかける――チーフ・ウェイターだか副支配人だかが振り返る――「＊＊＊＊＊を一本貰おう」

彼が横目使いに視線を送るが、あなたは黙ったまま。あれはすべて効果を狙ってのことだったのか？　あなたはぞっとし、当惑し、嫌悪でいっぱいになる。アメリカ人のカップルがこちらを見るのを止めて、立ち去ろうとしているのだけが救い。あなたは溜息をつく。彼は目をそらす。長い沈黙。

彼は自分に語りかけるように呟く──「断固たる態度に出なくてはならないときがある」

バーテンダーがカウンターに格子を降ろし、鍵をかけて出ていく。彼は「あの二人はこれから何時間も気まずい思いのまま過ごすことになるな」と呟く。

ウェイターがミックス・サンドを持ってくる。あなたは食欲がないが、一切れを半分ほどかじって、あとは残す。それから何もすることがないので、少しずつその切れ端を食べてしまい、ついには残りも全部食べる。ようやくウェイターが彼に料理を運んでくる。肉が幾切れか赤っぽいグレイヴィ・ソースに半分ほど浸って、甘くて腐ったような濃厚な匂いを漂わせる。彼はそれを凝視して、「唾を吐きかけてはいないようだな」と呟き、口に運ぶ。何口か食べてから「うまい、うまい。待っただけのことはある」と言う。

車で家まで。午前一時半に到着。あなたはうんざりし、疲れ、彼を嫌っている。黙ったまま彼は車を停め、横目使いに微笑む。今夜は彼を部屋に入れたくはないけれども、あなたはそうしようとする。そのとき彼が言う──「今夜のことは申し訳ない。出だしは最高だったのだが、終わり方がひどかった。誰のせいでもない。お互い少し休憩した方がいいかもしれないな。いずれにせよ明日の夜は人に会わなくてはならない。あさっての晩も。その次の夜に会うのはどうだい？　どこがいいか、君が選んで」

グロウヴナー・ホテルのラウンジはどうかしら、と言う。

「よし、それじゃあ七時半に」

あなたは部屋に上がり、あくびをし、考える（苦痛は感じない）——彼は明日の晩、のっぽのジェニーか張り切りハリーと寝るのかしら、だって彼は欲しいと思えば人間だって物だって何だって手に入れられるんだから。あした彼から言われる前に付き合いはおしまい、って自分から言いたかっただけ。だけど次の日になると、そうした考えがあなたを苦しめる。どうして？　あんな嫌みな男が何故好きなの？　でも彼はいつもはやさしいし、楽しい人じゃないの、どうして彼を嫌うの？　夜遅くにホテルのシェフを呼び出すのが悪いことかしら、その余分な手間についても十分な支払いをするんだから。勘定書が来ると彼はそれを一瞥して、かすかに顔をしかめ、小切手を切ると相手の顔を見ずにウェイターに渡した。そしてウェイターはそれをちらっと見ると、緊張を弛め、顔に感情が戻り、「大変ありがとうございます」と低い声で言った。だから彼はチップを弾んだはず。素晴らしい刺激的な夜が三日続いた後の退屈な一夜ってのも悪くないわ、彼はぼろぼろのジーンズに執心しすぎるけれど。

だからあなたはここグロウヴナー・ホテルにいる。約束より十分早く。ハイヒールを履いた別のシンデレラ風に装って。なぜならそれは彼を興奮させるから。そしてあなたも少し興奮し、期待で胸が高まる。ライム・ジュースを注文する。そして彼の分としてマッカランも。彼におごるのはそれが最初。扉に向いて座り、テーブルの上にはあなたのライム・ジュースの隣に彼のウィスキー。あなたは待つ。さらに待つ。

彼は八時半にやってくる。笑顔はない。あなたの隣に腰を下ろし、「抜け出せなくて。どうしようもなくてね」と呟く。

彼はウィスキーに口をつけ、顔をしかめて言う――「何だこれは?」

あなたは彼に教える。

「本当か?」

あなたはそれが注文したものだと言う。

「店のやつら、水で薄めたな」

沈黙。あなたは今日の上司の滑稽な振る舞いを彼に話す。彼は二度頷き、溜息をつく。沈黙。彼の仕事の具合を尋ねる。

「ひどいもんだ」

お気の毒、とあなたは言う。

「寡黙な女性ってわけか」

あなたはどうして彼の仕事がひどいことになったのか尋ねる。

「ぼくの個人的なことをいつまでもあれこれ穿鑿《せんさく》する君の態度にはうんざりだ。ぼくが女性たちのそうしたところを嫌っていることにまだ気づいていないのなら、きみは単なる馬鹿じゃない、ノータリンだよ。ノータリンはグラスゴーのような薄汚い町で三日間ほどセックスする相手には丁度いい。だが三日が限度だ。覚えておくんだな」

彼は癇癪を起こしてはいない。彼は立ち上がり、出ていく。ウィスキーにほとんど口をつけないままで。

内部メモ

受信人――ラムリー
発信人――レズリー

以下の書面は不機嫌な気分で書かれたものと見えるかもしれませんが、実際にそうです。昨日の会議の席上で提起したかった問題を記しています。わたしの発言の機会は一番最後にようやく回ってきたのですが、そのときフィミスターが「その他に何か議論することは？」と言ったのに対して、ヘンリー・ピットは（目の隅でわたしの方を見ながら）「いいえ、これで全部だと思います」と言い、わたしは発言する気をなくすくらい急に疲れを感じたのでした。この会社で、実際上の細々とした事柄についての不満を述べることを許されている――いや、期待されている――唯一の管理職がわたしだと思われますが、わたしがそれを始めると、決まって重役たちはにやにや笑いを交しはじめ、他人の話に耳を傾けるのを止め、自分だけの夢の国に引きこもってしまうのです。かれらは日常的な些事は自分たちの仕事ではなく、建物責任者のマルグリューと会計担当のトラムワースの仕事だと考えています。だれ一人として、つまりマルグリューでさえも、わたしがやってくれと頼んでいることはやるべきであることを否定しはしません。しかし、それを認可できる立場にあるのは彼とトラムワースだけで、実際には何一つなされていないのです。ここに挙げた項目について、数年前から昨月に至るまで、わたしは会議で何度も提案してきました。あなたはこちらにいらしてまだ二ヵ月にもなりませんから、最初の最も長い項目については、或いは偶然であるとの認識を持たれるかもしれません。しかし、はっきり申し上げておきます、この種のことが毎冬起きているのです。

一、暖房。月曜はどうしようもなく冷え込みました。マルグリューにどうにかしてくれと頼み、彼はサーモスタットの設定温度を少し上げることに同意したのです。しかし、階上のある部分——彼とトラムワースの共同オフィスがはいっている部分——ではいまのままですでに暖かいため、上げ幅はほんの少々とのこと。十時を過ぎてまもなく、冷えてきたのに気づきました。こうした場合、ほかの連中は凍えるほど寒いことが分かっていますので、マルグリューをつかまえようとしましたが、いつもどおりの結果。彼はソーチーホール・ストリートの倉庫に出かけていて留守でしたので、そちらに電話をかけると、いましがたそこを出たところで、行き先はだれも知りません。この頃にはわたしの階の連中はこの寒さをどうにかしてくれと言い始めていて、実際このとき、上の階の連中が暖を取れるものを探して建物を歩き回っているのに会ってもいます。マルグリューのオフィスにもう一度電話をし、トラムワースをつかまえました。彼はわたしに、冷えないようにするためには、もっと気を入れて仕事をするか、ジャンプを繰り返すようみんなに指示したらと言いました。建物を歩き回っているのは彼の部下で、わたしはかれらに代わってマルグリューと連絡を取ろうとしているのだから、そんな指示を出すなら、それはおまえの役目だ、と言いたいところでした。忖《そん》度《たく》するところ、だれもが自分の上司ではなくてわたしに助力を頼むのは、みんなのことをトラブルメイカーであるみたいに口うるさい接し方をわたしがしないためではないでしょうか。昼食時近くになってマルグリューが姿を現わしました。トラムワースが問題を彼に言わなかったか、彼が聞いても無視したかのどちらかでした。わたしは彼が再び建物を出る前につかまえました。彼はようやくサーモスタットを見にいきましたが、調べてみると、彼が設定温度を上げる前にそれは、三十から十六に下げられていたのでした。下げることができるのは彼だけだったはずですから、彼はどうごまかしてこのミスをわたしの目から逸らしたのでしょう。午後になって次第に暖かくなってきました。みんながこの件に強い不快を感じた、そして現在も感じている理由は――

(ア) 不快な労働環境のためにしかるべき仕事ができず、自分たちが凍えるだけでなく、無用なもののように感じられてしまう。

(イ) 暖房の必要度がこの建物にはいない人々、或いはこの建物の住人でも特別に保護されている人々によって決定されている。

(ウ) この事態はもう長年続いている。

二、非常口までの経路に通行の邪魔となる障害物が山と置かれています。マルグリューは建物責任者であると同時に火元管理人でもあって、そうしたことが起きないようにするために特別の給料をもらっています。あたらしい収納ラックを注文すればそうした事態は解消できるはずで、わたしとしては彼が地元の火災予防検査官とあれほど親しいのが残念です。マルグリューには火災予防の徹底検査がいつになるかがつねに分かっていて、したがって検査官はここの現状を目にする機会がないのです。時に（今日のように）検査官が何の前触れもなく不意に訪れることもありますが、その場合には、非常口を見るようなことはありません。真に〈徹底した〉検査が予定に組まれる以前に火災が起きたら、神頼みしかありません。

三、階段の一番上の踏板は、ミセス・マクロードがよろけて落ちたときから一向に改善されず、ぐらぐらしたままです。覚えていらっしゃるかもしれませんが、医者の話では、背中の骨を折らなかったのが幸運だというほどの事故でした。上級管理職の人たちは手書きの警告でも張っておけば予見しうる今後の事故は防止できるとお考えのようですが、そのうち近眼の訪問者がやってこないとも限りません。他の踏板についても注意が必要です。

四、ヘレン・スクリムジャーの机の後ろの窓について、まだ何の処置も施されていません。それが危険な状態にあることが最初に報告されたのは一年も前のことです。

五、螺旋階段の手すりがゆるんでいます。

六、女性用トイレの放熱器の電源が切られたままです。

七、暖房用スクリーン（二年間、持ち越しになっています。）

八、積み込み口の照明（二年以上にわたって持ち越しになっています。）

もちろんあなたは上記の事柄について、その理由をご存じでしょう。重役たちのオフィスはジョージ・ストリートの本部にあり、一般の人から注目されることのない建物の労働環境を快適に維持するためなどには、できるだけ金を使わないに越したことはないと考えているわけです。しかし、この会社の大部分の従業員はこの汚くて古い建物で働いていて、もっとも多くの利潤を上げている部門はここに収容されています。フィミスターとヘンリー・ピットは、暖房費を百ポンド節減すると、能率が落ちて、百人が通常の三分の二の仕事量しかこなせなくなってしまうということが分からないのでしょうか？

この手紙があなたにとって筋違いで扱いにくいものであることは分かっています、ラムリー。重役たちや上級管理職の人たちは、この手の情報から身を守るためにあなたを起用したのですから。かれらにとって従業員の抱えた問題を従業員の口から聞くのはばつの悪いもので、結局かれらは、われわれの問題など少しも知りたくないのです。現在わたしたちは新しいコンピュータの操作を学んでいるところで、これを正しく使えるようになればきっと能率が向上するはずです。ですが、学習している一方で注文や発送を昔ながらの形式でこなさなければなりませんので、いまは前以上に能率が悪くなっています。重役たちや上級管理職の人たちはコンピュータについて何一つ知らないから、導入した途端に、直ちにすべての能率が上がるのだと思い、一時悪くなることなど考えもしません。だからそれ以上の出費は避けようとするのです。しかしどうしてヘンリー・ピットは送られてくる郵便すべてを自分が処理すると言い張り、どんな事細かな苦情までも「最優先事項——直ちに処理のこと」という印をつけてわたしの部下のところに送ってよこすのでしょう？　ストロムネスかブライトンの自動車修理工場に無料の交換品一台が間違いなく届くよう算段するのにみんなして何時間もかけ、その間、中部地方の工場は注文を五百台も出し、しかも前払いしているというのに、待たされるということになります。ヘンリー・ピットの祖父が創業者であり、彼は大株主であって、生涯この会社とともに歩んできたわけですが、しかし彼の実際の経営経験はわれわれの本部に限られます。彼はすべての注文と苦情をまっすぐわたしとミセス・マクロードのところに送るべきです。彼女はここで十五年間働き、何が優先されるべきかを知っています。ここの従業員は一再ならず、わたしたちを雇った重役たちや上級管理職の人たちが、雇った目的の仕事をわたしたちにさせないようにしているのではないか、という思いにとらわれております。こんな考え方は馬鹿げていますが、それがときどきわたしたちの感ずるところなのです。実際は、おそらくかれらがわたしたちに興味をなくしたというだけのことなのでしょうが。

いや、もしかすると馬鹿げた考えとも言い切れないかもしれない。ヘンリー・ピットは六十を越えています。引退が近く、お子さんもいません。フィミスターはローモンド湖に養魚場を持っています。

金持ちの趣味として始まったのが――彼はボートに乗って遊ぶのが好きですから――マルグリューとトラムワースが多大の援助をした挙句、最近の『スコッツ・マガジン』の記事によれば、いまでは利益を上げるまでになっています。その記事はまた彼の「子供たちにより清潔で新鮮な生活を味わわせてやりたい。現代都市は次第に耐えがたくなってきている」という言葉を引用してもいました。もしピットとフィミスターがこの会社を売ったなら相当のお金になるでしょう。この種の企業でスコットランドに残っているのはここだけですから、まず間違いなく買い手は南の方の人間で、そうなればきっといろいろな場所の倉庫は残すが、この配送センターはきっと閉じるでしょう。わたしたちはそういうことになるとお思いですか、ラムリー？　造船業、自動車製造、繊維、鉄鋼、衛生設備産業等々でそれが起こりました。

わたしは別の考えを持っています。もしわたしたちのところを売却するということなら、わたしたちの何人か（わたし、あなた、ミセス・マクロード、ヘレン・スクリムジャー、コリン・シャンド、その他何人か）で、配送部門――つまりここです――の買値を提示したらどうでしょう。そして買い取って、自分たちで経営するのです。やりかたは分かっています。この件について本当に一度お話ししたく思います。あなたは上級管理職のなかで唯一わたしの話に耳を傾けてくれ、わたしの言わんとするところを分かってくれる方ですから。また、売却が計画された場合には、一番早く知る立場にある人間のおひとりですから。それにあなたはフィミスターとおなじ学校の出でもあり、こうしたことについてはわたしよりよくご存じのことでしょう。

あなた、レズビアンですか？

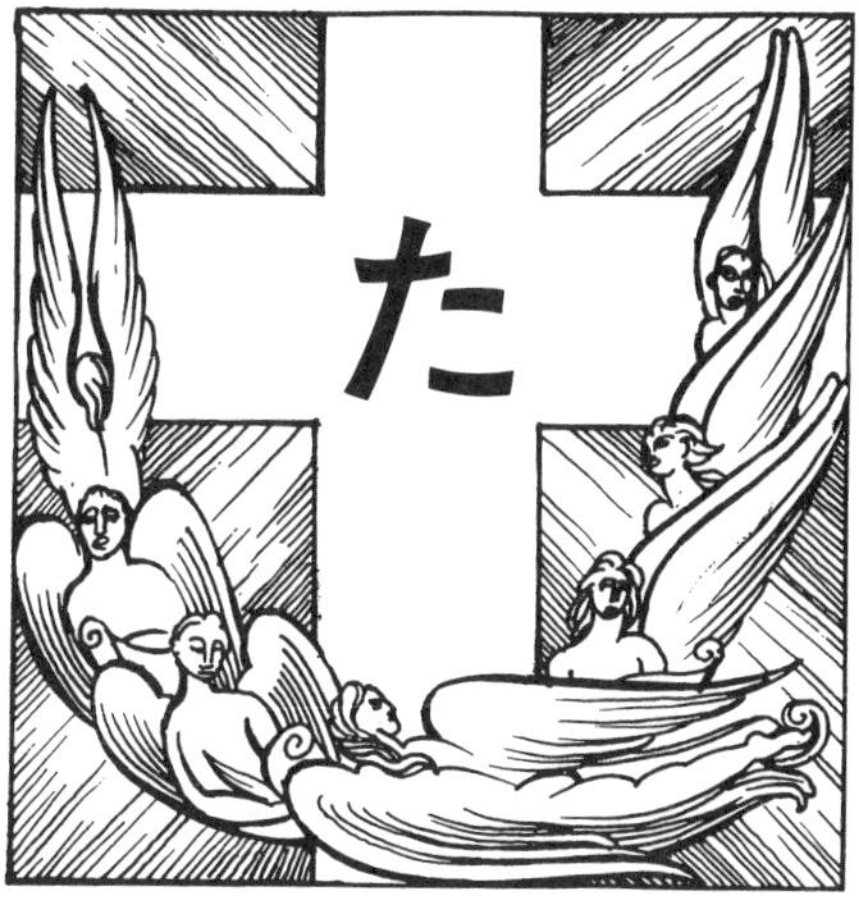

とい我もろもろの国人のことばおよび御使のことばを語るとも、愛なくば鳴る鐘や響くシンバルのごとし。たとい我預言するちからあり、またすべての奥義とすべての知識とに達し、また山を移すほどの大いなる信仰ありとも、愛なくば、数うるに足らず。たとい我わが財産をことごとく施し、またわが體を焼かるるために与えようとも、愛なくば我に益なし」――パウロはこれをコリント人への第一の……

「失礼ですが、一つ質問してよろしいですかな？　一つだけ。あなた、レズビアンですか？」

「いいえ、わたしはレズビアンではありません」

「そのお答えは、言わせていただけるなら、納得しかねますな。この二週間、日曜の五時半になるとあなたはここにふらっとやってくる、ジーンズをはいてね。ビールを一杯頼むと、この隅へ持ってきて本を読みはじめ、話しかけようとする男たちがずいぶんいるのに一人残らず袖にする。もしレズビアンでないなら、どうしてそんな風に？」

「それ二つ目の質問ですわ。一つしか質問しないとおっしゃったでしょう」

「なるほど、分かりました。おっしゃる通り、たしかに」

パウロはコリント人への第一の手紙にこう書いた。そのとき、キリストが磔刑に処せられてからまだ二十年経っていない。そこで問う。


わたしたちが人生でもっとも必要とするものは何か？　もし突然それを失ったら自分のことを無価値であると感じ、また実際に無価値になってしまうものは何なのか？　キリスト教徒のなかには自分たちの信仰だと答えるものもいるだろう。みずからの人生は、宇宙をかつて創り、そしていま支えている神、またナザレのイエスとなった神への信仰によって意味づけられていると考えているのだ。どうだろう、かれらは間違っている。神への信仰はわたしたちをたいへん強くする――何世紀もの間、そのおかげでキリスト教徒はまたとないすばらしき理由をつけていまわしい苦悶を経験しかつ与え、そしてそれを引き延ばしかつ耐え忍ぶことができた。しかしそれは神の欲するところではない。パウロがそのわけを教えてくれる――「たとい我、山を移すほどの大いなる信仰ありとも、愛なくば、数うるに足らず」「わが體を焼かるるために与えようとも、愛なくば我に益なし」

多くの（すべてではない）聖書において、わたしが「愛」と記したところに「チャリティ」という語が使われている。パウロは「愛のこもった敬意」という意味のギリシャ語を使った――人と人との間に成立する最も深い愛情のことで、チャリティは英語でかつてそれを意味していたのだが、いまでは「生活苦にあえいでいる人々に対する善意」を意味するようになってしまった。この種の善意は愛のすばらしい表現にはなりうるが、しかし愛そのものではない。人々は病院を建て……

「失礼ですが、もう一度お邪魔しますよ。短気を起こさず、だまって聞いてさえ下されば損な話では決してありませんから。男にしろ女にしろ酒場に来る理由っていうのは一つしかない、それも酒を飲むっていうのじゃないんですね。缶ビールなんか家で一人で飲むのは造作もないことで、その上、その方が安いでしょうし、本当の話。だから酒場にやってくる人の例にもれず、あなたも仲間を求めてここに来るんでしょう。だったらどうして本とばかり鼻突き合わせて、わたしのこと袖にするんです？　気を悪くしないでほしいんですが、あなたはジーンズ姿だし、そんなに若くはないというのに、とても魅力的な女性だ。わたしが下品すぎるとか、歳を取りすぎているのが不満ってことはないですよね。もっと洒落た仲間やもっと若い仲間がご所望なら、バイアーズ・ロードの先の酒場に行ってたでしょうから」

「今後口を出さないと約束してくれるなら、なぜわたしがここに来るのか、お話ししましょう」

「了解。はじめて下さい」

「わたし、娘が二人と息子が一人います。みんな十代後半。それから家庭を大事にする夫と。彼は市役所の会計課で働いているわ。全員が家事をすべてわたし任せにしているけど、わたし家をきちんときれいにしておくのが好きなんです。だから、嘘じゃなくて、家族に利用されているなんて思ってないわ。ボランティアで〈子供たちを救え〉運動や〈国際アムネスティ〉の活動もしている。お金の心配も、家庭の心配も、健康の心配もない。それで昔よく思ったわ、自分ってこの世で生きている人たちのなかで一番幸せなものの一人じゃないかって。ところがそれから何が変わったわけでもなさそうなのに、いまでは生活がほとんど耐えがたく感じられるの。きっとお医者さんに行けば、更年期障害だって診察されて、精神安定剤を処方してくれるでしょうね。わたしに言わせれば、十八年間ほかの人間の面倒を見てきたあとで、突如として自分自身の姿がはっきり見えてきたということなの。

あのね、わたしの父はスコットランド教会の牧師だったの。わたしは父のこと、とても愛していた――父は心やさしくて、超然としていて、神秘的だった。多くのプロテスタントの牧師と同じで、彼もおそらく、ほかの人たちよりいい身なりで仕事をしてお金を貰っていることに居心地の悪さを感じていた。もっとも優れた牧師はこの居心地の悪さを、懸命に働くことによって、貧しい人々のための給食施設を運営したり、余裕のない家庭のために見苦しくない衣服を調達したり、孤独な人たちを訪問したりね、そういうことによって克服するわけ。父の教会は洒落た郊外にあって、そこの信徒たちはみんな裕福のようで、わたしたち、貧しい人の存在にはまったく気づかなかった。父は食事と食事のあいだの時間をたいてい書斎で過ごしたわ、日曜日の説教の原稿を書いていたの。ほかの牧師さんのと比べて内容があったわけでは全然ないけれど、その語り口と話し振りは完璧だった。お年寄りの女性たちからは愛され、だれもが父の非世俗性を誉めたたえたわ。でもわたしは大学に入ってようやく分かったのよ、父はにせものだって。

大学は楽しかったわ。なぜって自分が向上している――父より上に行くって信じられたから。神学を専攻したの。牧師になろうと思って……」

「ちょっと待って下さいよ。スコットランド教会の牧師になろうと勉強したですって？」

「そうよ」

「いつからスコットランド教会は女性の牧師を認めるようになったんです？」

「六〇年代から。一人の女性が聖職按手式に志願し、それを禁ずる法律がなかったわけ」

「教会に熱心に行くわけでも、厳格なキリスト教徒でもありませんが、わたしはプロテスタントに強い共感を持っていましてね。その目からみると女性の牧師というのはどうにもしっくりきませんね」

「それならわたしのことは放っておいてちょうだい」

「いえ、いえ、申し訳ありません！　いや、結婚生活がどう具合悪いのかぜひ伺いたいですな。わたしの結婚はと申しますと、こんなはずじゃなかったってやつでしてね。こっちの茶々など無視して、洗いざらいお話しいただけたらありがたいですね」

「分かったわ。大学ではいろんなサークルに入ったの――学生キリスト者連合、初期キリスト教研究会、爆弾反対キリスト者同盟とかね。世界はよくなるべきだし、またそうなり得ることが分かっていて、実際にそのためにがんばっている人たちとたくさん友達にもなった。でもだんだん、わたししたちの人生には何か本質的なものが欠けているんじゃないかって気がしてきたの——神よ。祈ってもだれかに近づいたって少しも感じられないんですもの。信仰の篤い友人たちに尋ねたわ、神が身近にいるってどんな感じなのって。そうしたらみんなばつが悪そうにして話題を変えるわけ。あら、どうしてにやにや笑っているのよ?」

「いつも神は自分とともにいると感じている奴を知っていましてね。そいつが神様と激論を戦わせながらダンバートン・ロードを歩いていたんですな。もっともこっちには哀れなジミーの口にする言葉しか聞こえませんがね。『そんなことをするのは断わる!』と彼は叫ぶんです。『ぼくにそんなことをさせる権利なんかあんたにはないぞ! ぼくを牢屋に入れたいのか!』どうやら神様が彼にカトリック系の本屋の窓を打ち破れと唆していたみたいなんですよ」

「そうね、いま神の声が聞こえるという人たちはみんな惑わされているの。神はわたしたちが知る必要のあることをすべて、キリストの口を通して語ったんですもの。でもイエスが死んでからも、気が狂っているわけじゃなくて神の存在を感じたことのある人がこれまでたくさん出ているわ。そうした人たちの自伝をずいぶん読んだものよ。嫉妬を感じた——それから怒りも。なかには聖人熱に取り憑かれた病人みたいなのもいたわ。そんな人たちは、コカイン中毒患者が売人に恋い焦がれるように、精霊に夢中になって、次の訪れはいつかと心待ちにしながら何週間もみじめに過ごすの。わたしはそれほど貪欲じゃなかった。ほんの一回、ちょっとでも訪れてくれたら満足だった——それからはそのときの思い出だけで生きていけたと思う。でも、神がわたしを愛し、わたしを必要としていると一度も実感せずに神の召使としての牧師になったら、父と同じにせものでで終わることが分かっていた。神に一番近づけるのは本のなか。でも本だけじゃ足りない。わたしはキリスト教への興味が失せて、健康な懐疑論者と恋に落ち、結婚したの。簡単だったわ」

「わたしが何を言おうとしているか、お分かりですか」

「ええ、それがわたしにとって最上の選択肢だった、ってことでしょう。約束どおり黙って聞いてくれるなら、なぜそうでなかったかお話しするわ。


自分の一番近くにいる人たちに望みのものを与えるのは、わたしにとってずっと簡単なことだった。学生のときには、せわしなく、すぐ興奮する、風変わりなキリスト教社会主義者たちとだってまたとないほど仲良くやったし、結婚してからは、きれいに着飾った子供たちと、自分の友人や同僚やその妻たちをもてなせるような家とを与えてくれることを妻に期待する人間にとっての完璧な相手役だった。だから結婚によってわたしの人格はすっかり変わったわ、そして、一部は壊れたのかもしれない。いまでは人々が魂とか神とかについて、それからその二つにどうやって橋を架けたらいいのかについて話すのを聞くのが好き。そうした人たちには本のなかで会える――他にはいない。それなのに友達や子供たちや夫はわたしに本を読む安らぎの時間を与えてくれないの。いまのニュースは何々だと言ってくるし、あれこれの問題について議論を吹っかけてくる。ニュースも問題もわたしにはますます些末なもののように思えるのに。わたしとしては耳を傾け、微笑みを浮かべ、返答しないわけにいかないでしょ、もはや感じてもいない機械的な共感を込めてね。あの人たちはわたしの読んでいるものが信じられないの。もしわたしが部屋に鍵をかけて本と缶ビールを持って閉じこもったら、きっとみんなして部屋のドアをノックし続け、何が悪いのかしつこく訊くわ。これでわたしがどうしてここに来て本を読むか、お分かりでしょう」

貧しい人々のために病院を建てたものもいた。人気なり名声が欲しかったから、或いはまた自分たちの富が後ろめたかったから。だからこそパウロは言う「たとい我わが財産をことごとく施し……」

「ちょっと待ってください。教会へ行こうとしたことは?」

「よく行ったわ。日曜日にやることといったらたいていそれだった。でもいまでは、祈りはわたしには無意味に響くし、賛美歌は悪者の集団の合唱みたいだし、説教は父のと同じくらい退屈なの。二週間前、家族には知らせず、教会に行く代わりにここへ来たというわけ。わたしの知り合いはだれ一人、ここに来そうもないし、それに、ここじゃあうるさい音楽もかかっていない。それからわたし、仲間がいるの好きよ。その点では、あなたの言うとおり」

「えっ?」

「そうなの。あまり孤独を感じないですむのよ、静かに話したり飲んだりしている人たちに囲まれているとね――その人たちがわたしに話しかけたり、わたしの太腿に触ったりしないかぎりはね」

「そんなことはもう起こりませんよ」

「ビールを一杯味わいながらここで読書、それがわたしの日曜礼拝。それ続けていいかしら」

「はい、もちろんですよ。悪気はなかったんですから」

だからこそパウロは言う——「たとい我わが財産をことごとく施し、またわが體を焼かるるために与えようとも、愛なくば我に益なし」と。ペテロも同じことを言っている——「何事よりもまず互いに熱く相愛せ」と。ヨハネはさらに先を言う——「神は愛なり」と。そしてイエスは命令を一つわれわれに下されたのであり、それに従うものにとってあらゆる法律は無用である——「なんじ心をつくし、思いをつくし、精神をつくして、主たる汝の神を愛し、また己のごとく汝の隣人を愛せ」と。これを心に留めてパウロに戻ろう。

愛は寛容にして慈悲あり。愛は妬まず、愛は驕らず、非礼を行わず、己の利を求めず、憤らず……

「また口出しして申し訳ないのですがね。あなたの抱えた問題をちょっと考えてましてね」

憤らず……

「なんとなく解決の糸口が見えるような気がするんですが」

憤らず……

「あなた同様、セックスがすべての原因であるとは限らないことは承知しています。しかし……」

「キヤヤヤヤーーー　やめて　バーテンダー　助けて！！！」

「ちょっと、何を……」

「はい、どうしました？」

「バーテンダー、この人、わたしをつねったわ」

「この女性は嘘つきだ。彼女に触ってなんかいないぞ！」

「いいえ、触ったわ。何度も繰り返してやめてと言ったのに、二十分間もここに座りづめで、居丈高な夫みたいにわたしの顔をつねってつねって、つねりっぱなしじゃないの。この人を追い払ってちょうだい、バーテンダー」

「わかりました。さあ出なさい。あんたがこうした嫌がらせをするのを目にするのはこれが初めてじゃないんでね。出て行くんだ」

「心配するな、もう帰るから。でも一言だけ言っておく——あの女性は頭が変だ、宗教で頭がおかしくなっている」

「口をつぐんでとっとと出て行け」

憤らず、人の悪をおもわず、不義を喜ばずして、まことの喜ぶところをを喜び、おおよそ事忍び、おおよそ事信じ、おおよそ事望み、おおよそ事耐えるなり。愛は長久に絶ゆることなし、されど預言は廃れ、異言は止み、知識もまた廃らん。

「あなたにちょっかい出していたじいさんは消えましたよ、奥さん。外でも見かけないでしょう。隣の酒場に静かに入っていきましたから」

「ありがとう。ごめんなさいね。面倒をおかけしたけれど、あの人ったらいつまでもしつこくて」

「分かりますよ、奥さん。それに申し訳ないんですが、奥さんにもお帰りいただきたいんです」

「なぜ？　どうしてなの？」

「いましがたお気づきになったでしょう、一人の女性は問題を起こしやすいんです。ここは奥さんのような方の来る酒場じゃない。道の先の方の酒場をお試しになったらいかがです」

「このビールを飲み終わるまでいいかしら？」
「もちろん、一向に構いません。どうぞゆっくり召し上がってください。ここでお飲みになる最後の一杯ですから」

それ我らの知るところ全からず、我らの預言も全からず。全きものの来たらんときは、全きものの廃らん。われ童子のときは語ることも童子のごとく、思うことも童子のごとく、論ずることも童子のごとくなりしが、人となりては童子のことを棄てたり。今われらは鏡をもて見るごとく見るところ朧なり。されど、かのときには顔をあわせて相見ん。今わが知るところ全からず、されどかのときには我が知られたる如く全く知るべし。げに信仰と希望と愛と、この三つのものは限りなく残らん、而してそのうち最も大いなるは愛なり。

「申し訳ないですが、奥さん、いますぐお帰りください。飲み終わろうと終わるまいと、すぐにお願いします。酒場の片隅で泣いている女性というのは困るんです。ほかのお客さんの楽しみが台なしになりますから」

結婚の宴会

わたしはイエス・キリストに一度だけ会ったことがある。カナで行われた結婚の宴会らしきものの席でのことだった。わたしが「宴会」と言うのは、その言葉が招待状にはっきり印刷されていたからだが、実際にはそれが引き起こした期待は満たされることがなかった。というのも、花嫁の両親が収入に見合わない見栄を張ったか、もしくは、徹底したケチであったかのどちらかだったからである。ウェイターがわれわれのグラスに追加を注ぐ遅さときたら、酒の用意が大してされていないことを物語っていた。そしてあまり食欲をそそらないメイン・コースを終えてほどなくすると、何も飲むものがなくなってしまった。この事態に一番腹をたてたのは明らかに小さなユダヤ人の老女性で、彼女は(わたしの記憶に間違いないはずだが)口にしうるアルコールの自分の配当分以上をすでに消費していた。

「ワインがないのよ!」と彼女が聞こえよがしのひそひそ声で言い、それは部屋中に響いたので、全員がばつの悪い思いをしたが、われわれのホストたちは(見かけ上は)一向に意に介さないようだった。わたしは、それほどはっきり聞こえる仄めかしを前にしてなお平静でいられるホストたちを、賞賛せざるをえないような気がした。そのユダヤ人女性が話しかけていた相手は、彼女の息子で大工を仕事としているように見えた——そして実際どちらもその通りだった。多くの母親と同じで、彼女は他人の失敗を自分の子供のせいにして文句を言っていた。しかし彼の反応がわたしを驚かせた。「女よ！」と彼は声高に言い放った、「わが時はいまだ到らず！」

これはその場に居合わせただれの耳にも無意味な発言と響いた。ただ後になってわたしは悟ったのだが、これは祈禱療法師としての短い悲惨な生涯をあらかじめ公表したものだったのだ。しかし、一瞬の後、彼は配膳係の主任を手招きすると、なにごとか囁き、その結果としてあらためてワインが供されることになった。

そのときにはキリストが追加の酒の代金をみずから払ったのだと思い込んで、深く感謝せねばという気になったりもしたのだが、フレディー・タターサル（彼もまたユダヤ人である）はわたしにこう言った――「キリストが自営の商人階級に属していること、そしてそうした連中は向こう見ずな寛大さからむやみに金を使いなんかしないってことを忘れるなよ。あの宴会にはまだたくさんワインがあったに違いなくて、ウェイターたちが自分たちと主賓格の客たちのために取っておこうと出し渋っていたのさ。キリストは配膳係の者たちに、もし全員に等しく、特に自分に、ワインを出さないなら、大騒ぎを起こすぞと脅すことで――彼なら実際黙っていなかったろうが――神を畏れる気持ちを吹き込んだわけだ。おそらく連中、全員に回るように安酒を水で薄めたんだろうよ」わたしとしてはまだこんなことは信じ難い。後から供された安酒はなるほどお世辞にもうまいと言えるものではなかったけれども、しかし薄めたりしていない純粋な安酒だった。いまでは、機嫌のいいときのキリストに会ったのだと思っている。彼は、平凡極まる生活を送っている魚売りや木っ端役人に、仕事も妻や子供も捨て、自分のまねをしろとせっせと説いてまわった不愉快な人物だった。そうした自称の導師が六〇年代にはうなるほどいた。いまではそんなかれらのことをだれが気にするだろう？

虚構上の出口

あ

る間違いによって（ただしだれの間違いなのかわたしは知らない）、窓のない部屋に閉じ込められた男がいた。そこで目にするものと言えば、外側からしか開かないドアと便器と国の支配者の顔を描いた壁一面のポスターしかない。この官僚との付き合い方をあれこれとなく想像した後で、囚人はポスターの顔の背後に描かれた風景に面白いところはないかと探してみた。空間の広がりを暗示するその情景に初めのうちこそ彼の心は慰められたが、そのうちそれがまったくおとなしく飼い馴らされた風景であることに苛立ちを感じるようになった。顔の一方の側では見事に耕された農地が後景の青い丘の陵線へと続いていて、もう一方には政府の建物、大聖堂、大学、そしてひどくきれいな工場と労働者の住宅ブロックが描かれている。探検すべき緑の森もなければうねった川の流れもない。どう見ても、おだやかな遠方の丘には峡谷も急流も崖も洞穴も山のけもの道もありそうになかった。その丘の連なりは単なる国境にすぎず、地平線を遮るだけ。電気で照らされた独房と違って陽光さんさんたる世界の素晴しさを描こうとしているのだろうが、そのポスターはもっと大きな監獄の内側を示していた。

囚人は鬱々として狂気の淵に追い詰められたが、便器の裏側の床に鉛筆を一本見つけた。それが丁寧に削られて先の尖ったものであれば、白壁に何でも描くことができただろう――多くの友達の顔、愛人たちの身体、大冒険の背景など何でも。しかしこの鉛筆では、そうした細かい筆使いの必要な絵をうまく描くことができないので、囚人はこの部屋の開かずのドアを入念に引き写した。ただ一つだけ実物とは違うところがある――彼の描いたドアは鍵穴に鍵が差してあって、しかもそれは回すことができるのだ。そして囚人は鍵を回し、ドアを開け、そこから出ていった。空想がどのように機能するかを記しているとはいえ、これは現実的な話である。自由意志こそ精神《こころ》の本質であり、罠にかかって身動きが取れないと感じると、人間はだれしもそこからの逃亡を夢見る。新しい芸術も科学も、新しい宗教も国家もそうやって創り出される。しかしドアの話がそれほど幸せな結末を迎える保証はない。

市の供給する貧弱な住宅に独りで暮らしている盲目の男が、自宅の玄関が何者か複数の人間の手で押し破られようとしている音を聞いて、地元の警察署に電話をした。彼が助けを求めているあいだに、闖入者たちは彼をつかまえ、殴り倒した。闖入者というのは警官で、彼の家のドアを無免許で危険な薬を売っている別人の家のドアと勘違いしたのだった。間違いは、闖入者の一人が受話器を手にして、話している相手が自分の同僚だと気づいたときに判明した。彼は警察署にいるその同僚に、心配するな、盲目の男は〈ほころび合わし〉されるだろうと言った。こうして盲目の男は裁判所に出頭を命じられ、警察に対する公務執行妨害の罪で起訴された。

イギリスでは警察への緊急通話は二重に録音される。一つは警察署が録音するもので、それは警察が使うためのもの。もう一つは電々公社が録音していて、こちらは電話をかけた当事者が使うためのものである。盲目の男の弁護人はこの電々公社の録音を再生し、〈ほころび合わし〉という言葉は誤った証拠による逮捕を意味する俗語であると指摘しながら、この依頼人は無実であることを証明しようとした。警察側の証人は、〈ほころび合わし〉が犯罪者仲間の通り言葉としてはたしかにその意味であることを認めたが、警察用語としてのそれは、でっちあげや偽証にいささかも基づくことのない正当な逮捕を意味するのだ、と説明した。判事席に座ったシェリフは（スコットランドでは治安判事がシェリフと呼ばれる）、警察側の証人の言葉を信じた。なぜなら、もし判事が警察を信用しなくなったら、われわれの国家はアナキー状態に陥ってしまうからだ。こうして盲目の男は罰金を課せられた。しかし、時代遅れのファシスト国家やコミュニスト国家だったら必ず味わったはずの投獄の憂き目は免れた。

判事席のシェリフと同様、わたしも基本的に警察のほうに同情する。ドアをデカカギ（これは、げんのうを表わす警察官の俗語）で開けるというのは一か八かの行為である。たとえそのドアの向こうにいる人物が悪人で、すばやくつかまえればその証拠を見つけられると考えたにしても。他人にされたいように自らもせよという自然法はもとより、われわれの経験と受けた教育はまず例外なくドアは静かに開けるものと教えている。警官は多くの場合、静かでやさしく、こちらを守ってくれる人たちである。われわれのまたとない喜びのいくつか、そして多くの普段の生活は警官たちのおかげでより容易に実現されている。だからドアをぶち壊すなどというのは顔にパンチを食らわすとか、真っ昼間に飛行機から一般市民を爆撃するように感じられるに違いない。かれらは言うだろう――そうすることによって俺たちは金をもらっているし、そうすることで社会の品格と正義を護っているのだと信じているが、そんなとき異常なまでに興奮してしまうことは避けられないから、誤りは否応なく付いてまわる。わたしはまた少しばかり盲目の男にも同情する。というのも、わたしが市の供給する貧弱な住宅にいる人間はみんな当然の報いを受けていると考える人々の一員ではないからである。彼が盲目になったのは彼のせいではなかったのかもしれず、また、彼は盲目のせいで、この街のもっとましなところに住むべきだという考えを捨ててしまったのかもしれない。しかし彼が自分の想像力を使うべきであったことは間違いない。想像力は彼に、暗闇でものを見る視力を与えただろうに。

デカカギが盲目の男のドアの鍵を外したのは一九九〇年、グラスゴーが正式のヨーロッパの文化首都になった年だった。この話は新聞には報道されなかった。わたしがそれをここに載せるのは、警察が、最初の話の囚人と同様、恐ろしい状況に追い込まれながら、脱出口を想像したからである。かれらは虚構上の出口を創り出した。そしてそれは機能したのである。

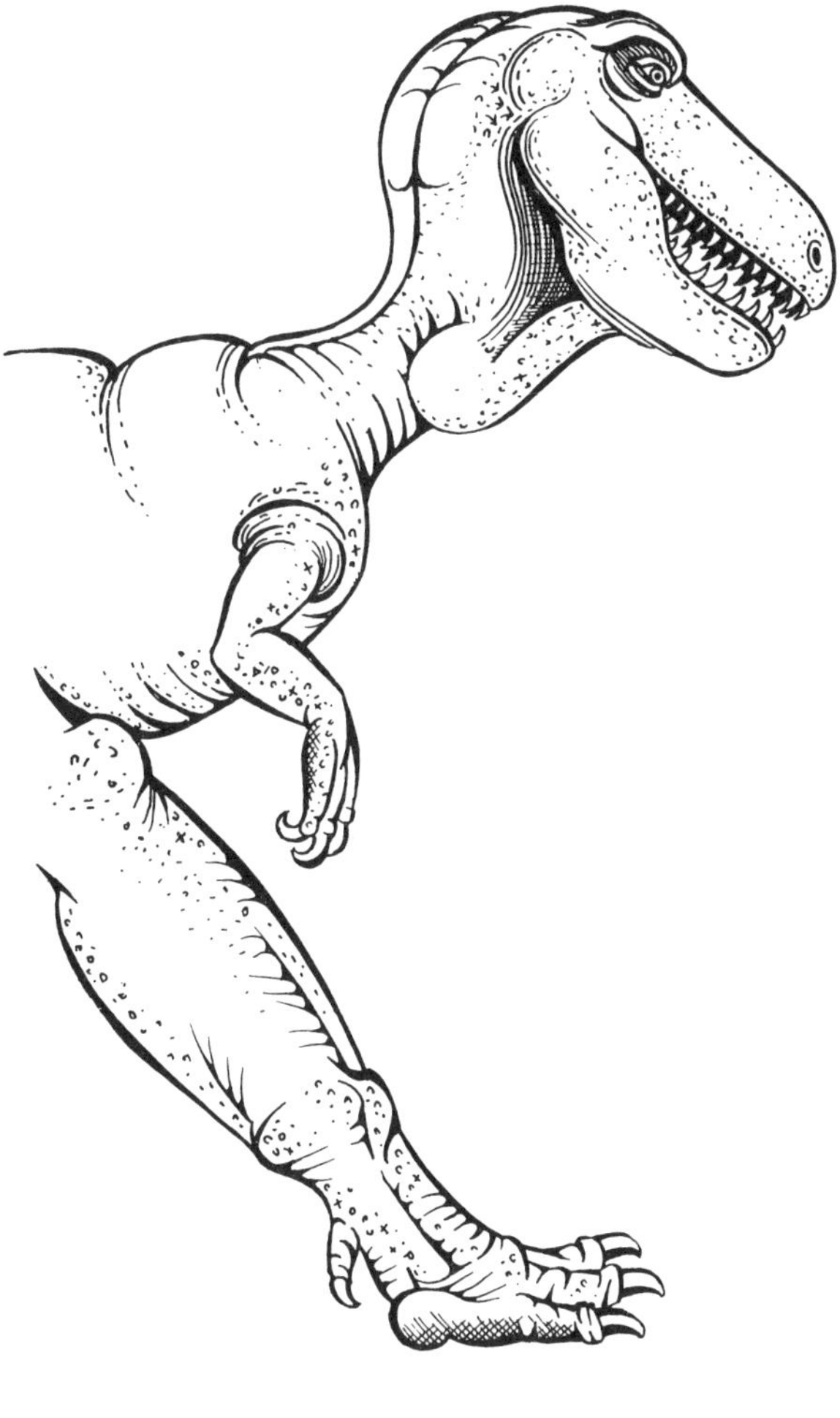

新世界

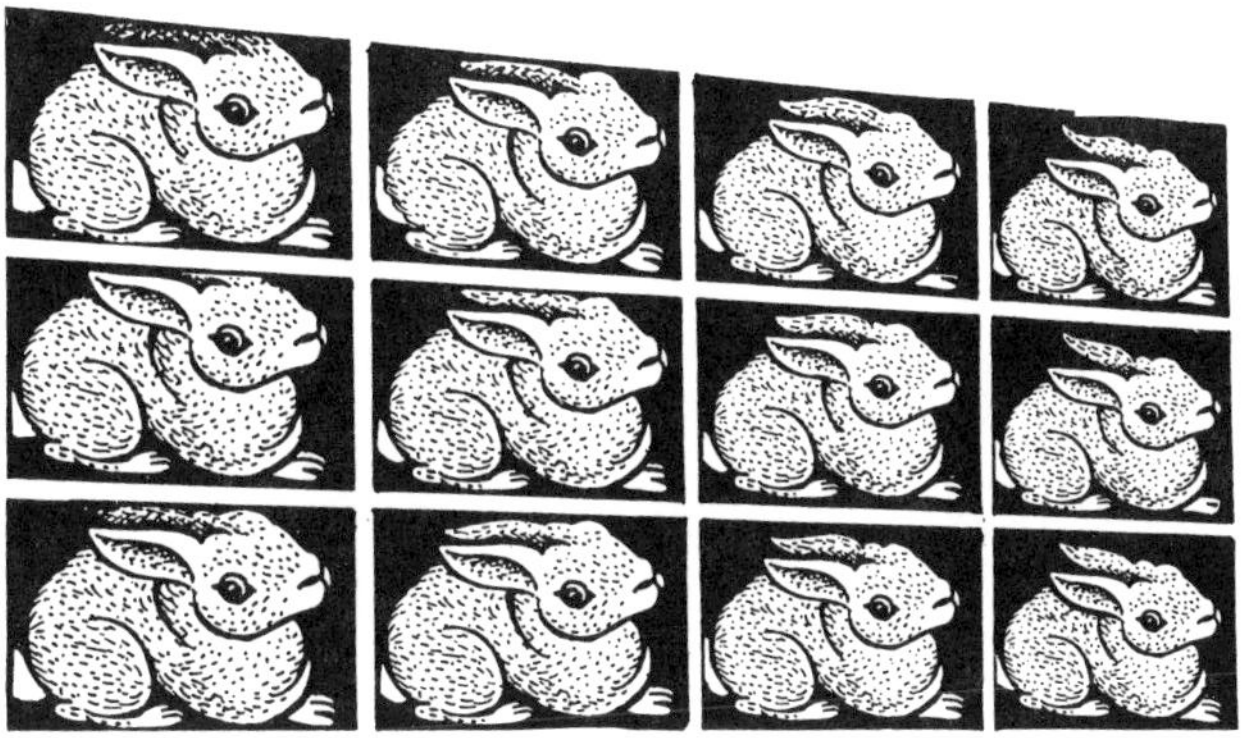

何

百万という人々が長くて窓のない廊下に沿って並んだ部屋に暮らしていた。かれらの世界を無事に動かしている仕事（実のところ、世界は無事に動いているように見えるのであり、というのも、みんな無事に動いていると教えられているからで、だれしも正確な真実を教えられることは不可能なのだが）、かれらの仕事は暮らしている部屋の機械によって行われていた。そしてその機械はかれらがどれだけ稼いだかを知らせてかれらに報いるのだった。稼ぎの多いものはよりよい部屋を手に入れるだけの金を借りることができる。機械もお金の貸し付けも部屋の多くも三つか四つの組織が所有管理していた。また政府もあって、その選び方は、

この世界の住人全員が五年ごとに〈留任〉か〈交代〉と書かれたボタンを押せるというものだった。これによって政治家たちの顔触れは変わったり同じだったりした。政治家は統治という政府の仕事をするというので自分たちに給料を払い、同時に一切を所有している組織からも収入を得た。しかし統治と所有は別個の活動であると見なされていたので、両者の間の個人的な関係は偶然の産物として忘れられるか、そうでなければ不可避のこととして了解された。しかし多くの人々は——居心地のいい部屋に住んでいる稼ぎの大きな人々でさえ——囲い込まれているという感覚を味わっていた。何が自分たちを囲い込んでいるのか定かではなかったが。政府がまったく新しい世界を統治することになったと発表すると、人々はたいへん興奮した。なぜならかれらの歴史では新世界は自由と広い空間と結びついていたからである。

ここでわたしは一人の男を想像する。若くはなく、格別の才能に恵まれているわけでもないが、知性と希望を持っている。彼は新世界に移住する特典を手にするために金を払う。それには彼の財産のほとんどすべてを使わなくてはならないが、もし新世界でせっせと時間外労働をすれば、数年でその四倍ほども取り返せるのだ。彼は自分と同じような人々であふれている部屋におもむく。ついに扉がするすると開いて、一行は通路をゆっくりと進み、輸送機の内部にはいる。そこは映画館に似ている。移住民たちは腰を下ろしてスクリーンに見入る。小さな光の点がいくつか点在した暗黒が映し出されている。宇宙を通過中なのだ、と説明される。光の点の一つがとても大きくなり、青くて白い雲のたなびく球体としてはっきり認められるようになる。その表面は大部分が太陽の光を反射する大海である。それからすべての照明が消されるが、われらの友人は少しも驚かず眠りにつく。しばし無意識状態にあった方が、新世界へ楽に到着できると言われていたのだ。

彼は立った姿勢で目を覚まし、カウンターの向こうにいる官吏と向かい合っている。その官吏は彼に番号のついたディスクを手渡し、廊下を指差して、その廊下を進み、同じ番号の書かれているドアの前で待つように言う。簡単に従える指示である。われらの友人は先程までの睡眠ですっかり頭がぼおっとしていて、自分は新世界にいるはずだということも思い出さないまま、長い廊下を歩く。これは違う世界かもしれない、なぜなら彼が慣れ親しんだ廊下よりも狭いし、光沢のある緑ではなくてつや消しの茶色をしているのだから。彼の気づく唯一の新しいものは塗りたてのペンキの強い臭い。

彼はずいぶんと長い距離を歩いて、ようやくドアを見つける。彼と同類の男が一人、ドアの前のベンチに座り、靴の間の床に陰気な視線を落としている。われらの友人が隣に腰を下ろしても、その男は目を上げない。長い時間が経つ。われらの友人はしだいに苛立ってくる。廊下はひどく狭くて、彼の膝は向いのドアから三十センチと離れていない。見るものと言えば、茶色のペンキしかない。とうとう彼は嫌味を言う、「なるほどこれがわれらが新世界というわけか」

となりに座っている男がちらっと彼に一瞥をくれると、繰り返し首を小さく横に振る。前と同じくらい長い時間が過ぎて、われらの友人がほとんど堪忍袋の緒が切れたように言う、「もっと場所があると約束したじゃないか！　どこにあるんだ？　いったいどこに？」

ドアが開き、何も載っていない金属製のワゴンがはすに押し出され、われらの友人の両脚に激しくぶつかる。彼は悲鳴を上げ、よろめくように立ち上がって、足を引きずりながらワゴンから後退りする。ワゴンを押しているのはカーキ色のダスター・コートを着た男で、あまりに図体が大きいので肩が両側の壁ばかりか天井にもこすれている――天井が低いのでこのワゴン押しはぐっと前に頭を屈め、そのため、いまや横向きに退却し、口ごもりながら苦痛と嘆願の言葉を発しているわれらの友人が見上げても、顔ではなくて膨れた禿げ頭が見えるだけである。後を追ってくるこの相手がはたして彼を家畜並みに扱って血も涙もなく追い立てているのか、それとも単にワゴンを押しているだけなのか、彼には見当がつかない。すっかりパニックに陥ってわれらの友人が助けを求めて叫ぼうとすると、「何の騒ぎだ？　この人に構うな、ヘンリー！」という声が聞こえて、彼の手は心落ち着くだれかの手につかまれる。両脚の痛みもすぐに消える、或いはすぐに忘れる。

彼の手をつかんでいるのは彼と同じような男である。しかしその男は思いやりがあってきぱきしており、彼の手を引いてワゴン押しから離れる。われらの友人は、子供のときにしか経験したことのないような理不尽な襲撃からまだ回復しておらず、親しみのこもったやさしい手が握ってくれたことに子供みたいに感謝する。

「きみは何も悪いことをしたわけじゃないと思うよ」とその見知らぬ男は快活に言う、「おそらくちょっと不満をもらしただけなんだろう。ヘンリーはぼくたちのような連中の不満を耳にすると怒りだすんだ。階級の偏見が根っこにあるんだな。何に不満を言ったんだい？　空間が十分ないことかな？」

われらの友人は親しみのこもった邪気のない隣の顔を覗き込み、そして一瞬の後、頷く。それは彼の生涯最悪の過ちかもしれないが、いま彼にはそれを知る由もない。心を落ち着かせるような手の握りと、二人が歩を早めて進んでいくにつれてはるか後方に遠去かっていくヘンリーとの距離の開き——それといっしょに、廊下が広くなっているという感覚、両側の壁が離れてきて、天井も高くなっていくという感覚が伴う。彼の連れもまた前より大きくなったように思え、これもしばらくは慰めである。かわいがってくれた年長者がいじめっこたちから自分を護ってくれたあの頃への回帰。しかし彼はどんどん縮んでいる。そして彼は小さくなればなるほど、それだけ必死に彼の人間としての背丈を小さくしている手にしがみつく。とうとう、彼の腕が頭上にまっすぐ伸び切るまでになり、次には足が床から離れて振り飛ばされるだろうという瞬間、相棒は彼を放し、微笑みを浮かべて見下ろし、やさしそうに人差し指を振りながら言う、「さあこれで必要なだけの空間がすっかり手に入ったわけだ。でも忘れるなよ、神があんたの中に閉じ込められているんだ！　神はあんたに休息を認めないだろう、この程度で納まっているうちはな」

見知らぬ男はドアを開けて向こうへ出ると、慎重に後手でそれを閉める。

われらの友人はノブを見上げる。

いまや、そして永久に彼の手には届かないノブを。

トレンデレンブルク・ポジション

さあどうぞ、お入りください、ミセス・チグウェル。こちらにお座りを。相棒が恐縮しているんですが、お約束の治療に当たることができなくなりましてね。でもそんな問題はありません。彼の奥さんが今朝、突発的な病気の発作に襲われましてね。危篤状態というほどではない（まあ、やれやれです）のですが、彼としては（ありがたいことに）奥さんと比べれば軽い症状のあなたの治療に集中するのが難しいと判断したのでして。気持ちがどこかへふらつくかもしれないし、手が震えるかも、というわけです。ですからわたしに任せた方が安全ですよ。彼の撮ったX線写真を見ると、二箇所詰め物がされているようですな。うち一つはまあほんのちょっぴりですね。それにわたしは自分の技術に絶対の自信を持っていますから、麻酔なしでやっても痛みは感じさせませんとお約束します。でもたとえそうでも、きっとあなたとしては少し心配で、麻酔がいるとお考えでしょう？　いらない？　そいつはいい。さてモーターを動かしますよ――これで椅子を下げたり、傾けたりするんです――動きは実になめらかですから、あな

たの心臓も三半規管も何ら衝撃や障害を受けません。トレンデレンブルク・ポジションです——いまのあなたの姿勢をわれわれはそう呼んでいるんですよ、ミセス・チグウェル。この椅子であなたにその姿勢になってもらったり、また普通の姿勢に戻ってもらったりすることができる——けっして気を失わせたりなんかさせずにですね、そうできるんです。トレンデレンブルクって何者ですかね。

いや、何者だったかと言うべきでしょうか。口をすすいで下さい。ちょっと中を——覗かせて——下さい。おほーっ！　くしゃみ、うがい、しゃっくりがしたいとか、鼻がかみたくなったら、左手の人差し指を立ててくれたらそれだけでいいです。すぐに治療を中止しますから。では始めますよ。チグウェル、チグウェルっと。イングランドの名前ですな。いや昨今スコットランドにはお仲間がたくさんいますよ。でもそれが気に入らないなんてこと、わたしには一切ありませんから。うるさいですか？　こんな風にしゃべり立てて。うるさくない？　よかった。たぶんお分かりいただけるでしょうが、おしゃべりを続けるのは、あなたがあることないことつまらぬ想像をしないようにと考えているんです。もしわたしが黙りこくって仕事をしたら、どうしてもあれこれ想像してしまいがちですからね。率直に認めた方がいいんですが、何か不吉な感じがありますよね、まったく受け身の状態で横になっている人間に対して、白衣を着た見知らぬものが——その人物がどれほど立派な資格を持っていようがです——顔のこの穴、顎と脳の間のこの穴に、当事者には見えないことを何かやるというのは。つまりこの小さな虫歯の穴の内側で——いま詰め物を取りますよ——頭蓋のなかで何かするっていうのはね。助手のミス・マッケンジーがここにいるという事実があっても、あなたの意識下の精神が奇妙な空想をひねりだす歯止めにはならないかもしれないんですよ、もしわたしたち歯医者が、床屋と同じように、よもやま話が好きだという職業上の性癖を持っていなければね。それで思い出しました、昔の『パンチ』誌の合本で見た漫画——床屋が言うんですよ、「髪はどのようにお切りしましょうか？」客は物憂げな貴族タイプで、その客が椅子に身体を沈めて答える、「せわしなく動く鋏のチョキチョキいう音しかない静けさのうちに切ってくれたまえ」とね。ときどき自分で気づくんですが、わたし、馬鹿ばかしいこと、本当に愚でもないことをしゃべっているんですね、それもひたすらあの死のような静けさを避けるためなんです。ですが、もし静かな方がいいとおっしゃるなら、右手の指二本、上げてください。わたし黙りますから。でもおしゃべり、お好きですか？　結構。もういちど口をすすいで。

いいえ、不倶戴天の敵でさえ、わたしのことをスコットランド独立主義者だなんて非難はできません。わたしはスコットランドやアイルランド——南北のアイルランド両方です——或いはイングランドやアルゼンチン、パキスタン、ボスニアその他もろもろを認めないんです。わたしの意見を言わせてもらうなら、国家は宗教機関や政治機関と同じで、現代のテクノロジーのおかげですっかり時代遅れなんですよ。以前にマーガレット・サッチャーが賢くも言ったじゃないですか、「社会なんてものは存在しない」ってね。国家って、存在しないわれらが社会の大いなる好例以外の何物だというんです？　マーガレットは正しい考え方を持っていた——〈脱国営化を！　民営化を！〉ってね。国営機関がすべて民営化されれば、イギリスという島々はもう政治的な存在物ではなくなる。いい厄介払いですよ。

ソ連は消えた。アメリカ合衆国と連合王国もその例に倣って欲しいもんです。先週のことです〈もう少し大きく開けて下さい〉、ある男がわたしに言うんです、「もし自分をスコットランド人という呼び名——イギリス人でも保守党員でも社会主義者でもキリスト教徒でも何でもいいんだが、そうした呼び名——を拒否するなら、自分を何と呼ぶんだ？　何を信じるんだ？」ってね。

「わたしはパトリック・シスルのサポーターだ」と言ってやりましたよ、「そしてわたしは〈ヴァーチャル・リアリティ〉を信ずる」って。

パトリック・シスル、ご存じですか？　どの宗派にも属さないグラスゴーのサッカー・チームでしてね。レインジャーズ・FCは狂信的プロテスタントによって徹底的に運営支持されていますし、セルティック・FCの場合はカトリックです。でもね、パトリック・シスルの応援歌はこうなるんですよ——

俺たちゃ大嫌い、ローマン・カトリック、
もう一つ大嫌いなのは、プロテスタント、
ユダヤだって、イスラムだって、大嫌い、
愛はパトリック・シスル、おまえにだけ……

わが友人のミス・マッケンジーが明らかにけしからんという顔をしています。ミス・マッケンジーはわたしの歌声が嫌いなんじゃないかな。それとも彼女は信仰が篤いのかも。あなた、信心深い方なの、ミス・マッケンジー？　答がありません。彼女は信仰が篤いんですな。

これでよし。口をすすいで下さい。二番目の詰め物が出てきますよ。それでどうしてもちょっとばかり削らにゃなりません。でも何も感じませんよ。何か感じました？　もちろん感じませんよね。

妻はわたしの意見には不賛成でね。彼女はスコットランド独立主義者でかつ社会主義者なんです。それ以上に馬鹿げた組み合わせ、想像できます？　苦労症なんですな、彼女。やれ人口増加だ、産業汚染だ、核廃棄物だ、失業率の増加だ、ホームレスだ、麻薬常用だ、犯罪だ、水位の上昇だ、オゾン層の破壊だ、と心配の種は尽きないんですよ。

「こうした問題に取り組めるのは大多数の意志を尊重する民主的な政府だけよ」と彼女は言います。

「どうやって取り組むんだ？」とわたし。

「わたしたちを汚染し、搾取し、失業に追い込んでいる大企業を接収し」と彼女は言うんですな、「その利益を公共事業とか教育とか医療看護に使うのよ」ってね。

「そんなのは絶対に無理だな」と彼女に言ってやります、「なぜなら金持ち連中はそんなことを望まないし、貧乏人たちはそんなことを想像できない。あんたみたいな少しばかりの中間層の人間だけが、そんなナンセンスを信じているんだよ」（おそらくもうお気づきでしょうが、妻は学校教師なんです。）「西暦二〇〇〇年までには」とわたしは彼女に言います、「そうした問題はうってつけのかぶりものが誕生して解決されるね。オーストラリア人やアメリカはテキサス州の住人、さらにはメキシコ人たちがかぶっている現代のつば広の帽子ですら、皮膚癌の防止に効果があると言われているんだ。そのうち帽子屋がテレビで宣伝を始めるね――〈オゾン層なんか知ったことか――帽子をかぶれば怖くない〉って」

ミセス・チグウェル、何がなくとも帽子、帽子ですよ。今世紀の始まりにはだれもが帽子をかぶっていた――上流階級と知識階級はシルクハット、中流は山高帽、労働者は布製の縁なし帽って具合にね。帽子をかぶっていない連中はヌーディストと同じくらいの衝撃的な存在だったんです。かれらの場合、社会階層のどこに位置するか、すぐにははっきり分かりませんからね。帽子がはやらなくなったのは、わたしの推測ですが、われわれが自由と平等と友愛の社会局面を通過した――或いは社会がその局面にあると想像した――ためなんじゃないでしょうか。でもわれわれはまたそこから出ようとしている、そして世紀の変わり目までにはだれもがかぶりものを使うようになります。人間が正気でいられるのはかぶりもののおかげ、ということになるんですよ。退屈ですか、こんな話？　話題を変えましょうか？　なにか適当な話題があればおっしゃってください。ありません？　口をきれいにすすいでください。

未来の帽子は――わたしの意見ですよ――つば広の安全ヘルメット型になるでしょうな。そしてそれには引き出すと携帯電話として使える耳当てと送話口が蝶番でついている。さらに昔の鎧兜にあるようなというか現代の溶接工が使うような遮光板もついているが、しかしこれは顔の前に引き出すと、内側はテレビ画面の働きをする。このセットを動かすのに必要な動力は、それを見る人間の心臓の動きから直接引き出すことが可能でしょう――一続きの階段を下りるためのエネルギーほども使わないはずですから。それぞれの帽子の違いはどれだけの数のチャンネルに受信料を払えるかによるわけです。金持ちは際限なく多くのチャンネル数を確保するでしょうが、ホームレスや失業者だって全然チャンネルがあてがわれないわけじゃない。わたしは、一日中テレビを見ているといって失業者を軽蔑する心ない連中の仲間ではありませんからね。多少の楽しみがなければ、かれらはいま以上に麻薬や犯罪や自殺に走りますよ。ですが、このビデオ・ヘルメットはいまわれわれが古ぼけたテレビ箱から得ているよりも豊かな娯楽を提供することになります。いまのテレビというのはわたしの目には、すでに先史時代のもの、木とガラス時代、つまりBVR――前《Before》ヴァーチャル《Virtual》・リアリティー《Reality》――の遺物に映りますな。ヴァーチャル・リアリティについてお聞きになったことは？　あります？　ない？　いまわたしがお話ししたような種類のヘルメットのことですよ。それを全身を覆うスーツのようなものと一緒に身につけるわけです。そこには電気信号に反応して圧力を与えるパッドが詰められていて、そのため、それを着た人間は見たり聞いたりするだけでなく、目にしているテレビの世界の内側にいると感じられる次第。ミス・マッケンジーがこっちを見て顔をしかめていますよ、わたしが何を言おうとしているか分かっていて、それであなたがショックを受けると思っているんです。つまり、言おうとしていることはセックスにからむもんですからね。でも大丈夫、変なことは絶対に一言も申しません。さて、このヘルメット付きスーツは美しく興奮を誘う環境のなかで生きている、動いているという感覚を授けるだけではないのです。それはまた、もしこちらが望むなら、こちらの思いのままの相手との恋の出遭いを視覚的にも肉体感覚としても経験させてくれる。あなたの場合でしたら相手はクリント・イーストウッドですかな、ミセス・チグウェル。わたしでしたらシルヴァーナ・マンガーノですな。こう言うといくつかばれてしまいますがね。知的職業に就いている人間で『苦い米』のシルヴァーナ・マンガーノを覚えているものは、明らかにそろそろ引退という時期を迎えているでしょう。或いはもう歳だという時期。それに、残念ながら、彼女自身もそうです。わたしは『苦い米』を見ていないんですよ――あれは未成年以下は見られない映画でしたから。わたしはこの生涯の初恋の人にポスターと広告写真を通じて出遭っただけです。いまごろシルヴァーナ・マンガーノはどんな様子なんでしょうかね？

ちょっとごめんなさい、手を洗います。そろそろおしまいです。気分が悪くはなりませんか？ 結構。それじゃあまた始めますが、覚えておいて下さい、わたしのはまったくの与太話で、それ以外の何物でもないんですから。

明日の帽子――スーツが付いているいないの別はあるにせよ、オーディオ＝ヴィジュアル・ヘルメットのことです――は、人間を解放してそれぞれが望むわくわくするような世界へと連れていってくれるばかりじゃない。妻がひっきりなしに気に病んでいる汚い不快な未来を人間の頭から閉め出してもくれるんです。マリファナか重い麻薬の効果を、健康を損なうことなく生み出すことができる。もちろんミセス・チグウェル、まともな知性のあるあなたやわたしのような人間はそれを、現実逃避の娯楽以上のものに使うでしょう。たとえば友人との会話とか、自分自身の教育とかにね。四歳になった子供たちはこのヘルメットをかぶって、広くてかれらをやさしく迎えてくれる教室を経験する。そこでは美しくて賢くて陽気なおとなたちがかれらに、かれらの親が学ばせたいと思うことを一から十まで教えてくれるのです。学校は過去のものとなるでしょう。そして教師もそうです。台本をしっかり覚えた役者が数百人もいれば、地球全体の教育をまかなうことができますからね。それに場所の移動にかかる費用の節約を考えてもごらんなさい！　授業が終わったらヘルメットを外すだけでいい、するとあら不思議——子供たちはまた家にいる。親がスイッチをベビー・シッターのチャンネルに切り替えれば話は別ですがね。

「分かったわ」とここまで聞いた妻は言います、「ホームレスはどうなるの？　あなたのヘルメットだって悪い天候や汚染された空気を閉め出すことはできないでしょう」

「できるさ、もし適切なスーツと組み合わせれば」とわたしは教えてやるんです。「たとえばインドのような熱帯の国々では、ホームレスの人たちは街路で寝起きするという生活をして、そこそこ快適なんじゃないか」って。さて、よく知られた事実ですが、われわれの軍隊の倉庫には、最後の大きな核戦争が起きてだれもがホームレスになった後で生き延びられるように設計されたスーツおよびマスクが山と積まれています。しかし最終の大核戦争は際限なく延期されている。だからそのスーツにヴァーチャル・リアリティの遮光板と圧力パッドを付け加えて、そうした貧しいものたちにあげればいいじゃないですか。そして、暖かいサモアの海岸にチャンネルをあわせる。星降る空のした、かれらは自分たちの選んだ相手と一緒なんです。きっと燃え尽きた市営住宅の瓦礫のなかで雨の夜を楽しく過ごすようになりますよ、さあ、口をよくすすいでください。これから二、三時間は固いものを嚙まないように。この椅子——いまから動かして——身体を少し立てますからね。

それじゃこれで、ミセス・チグウェル。受付のものが請求書をお渡しします。それから予約をなさっておいたほうが——そうですね、いまから六ヵ月後くらいなんていかがですか。

人類の未来がどうなるにせよ、歯医者なしですむということにはなりそうもありませんからね。

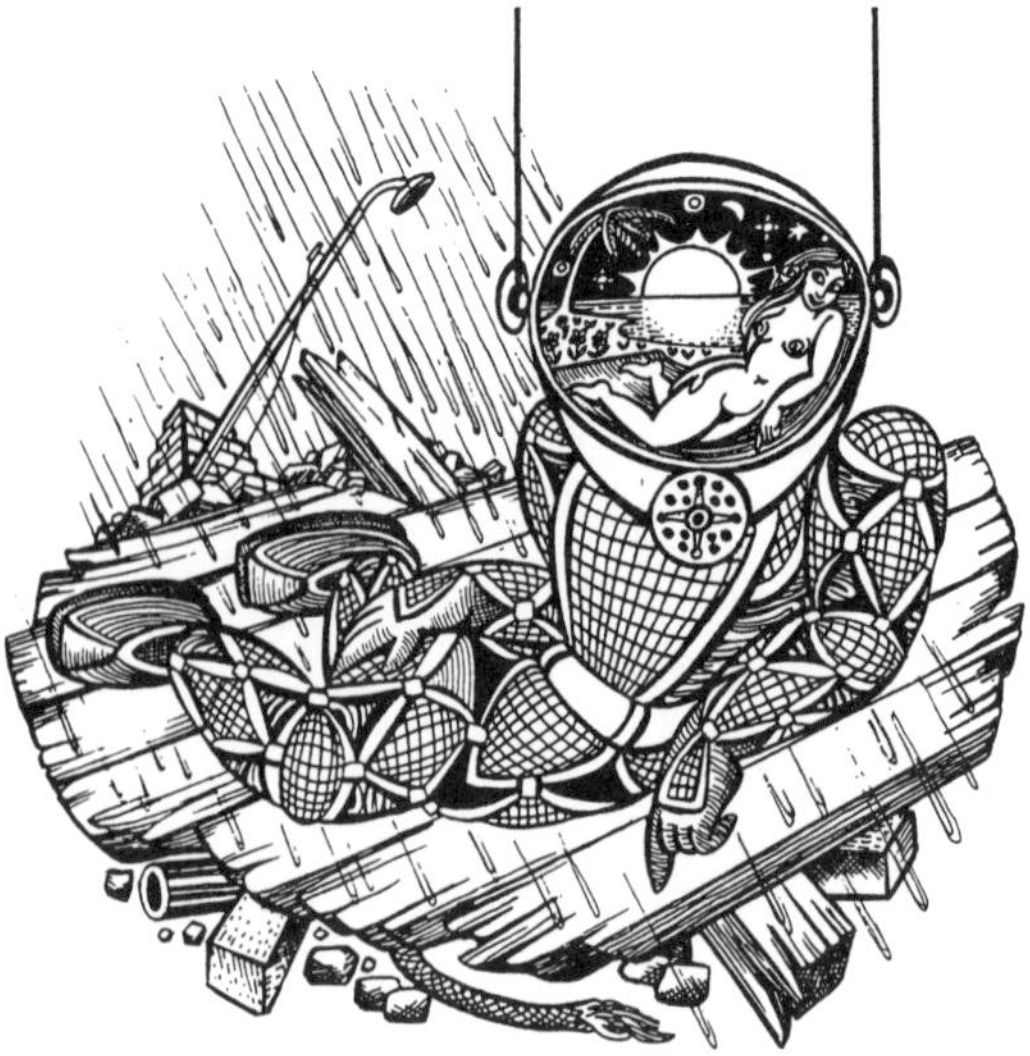

時間旅行

ジムとマリーのケルマン夫妻に

今

朝、靴下を履こうとしたとき、左足に奇妙なものを発見した。親指から数えて二つ目の指と三つ目の指の間のくぼみに、灰色の小さな塊になったチューインガムがくっついている。わたしはチューインガムを噛まないし、チューインガムを噛む人間を知っているわけでも、またそんな人間と会った記憶もない。パジャマに部屋着を羽織って裸足のまま部屋の中を小走りに動き回ることがないではないが、部屋の外には出ないし、最近はこの部屋を訪れるものもいない。たった一人の例外はわたしを愛してくれるもので、それがゾーイーである、とわたしは信じている。そしてそう願っている。ゾーイーなら眠っている男の足の指の間に粘つく甘いものを貼りつけるなどといった巧妙でちょっと毒のある悪戯はけっしてしない。彼女の悪戯は総じて陽気で気前がいいのである。以前の話だが、家に戻ると、わたしたちが貸していた金をその借手がゾーイーに返していたことがわかったときのこと。それは食べ物と家賃のために必要ではあったが、戻ってこないと諦めていた金だった。彼女はその金の半分を食料に使った、それはいい——わたしたちは二週間はもつ食料を手にいれたのだから。しかし彼女は残りを花に費やしたのだ。寝室は花瓶、水差し、鍋、洗面器、やかんであふれかえり、そのどれもがアイリスとライラックとカーネーションで満たされていて、おかげでベッドは青と紫と深紅の花弁からできた小さなローモンド湖に浮かぶ小舟さながら。その匂いでわたしは気絶しそうになった。怒らなくてはならなかった。そうした行動に愛ゆえの善意を感じはしたが、しかし、そうした気前のよさを奨励していたら、わたしたちは結局ホームレスになってしまっただろう。彼女にもそれは分かっていた。一度わたしの方が気前よく大盤振舞いをしようという気になったとき、彼女は考えこみ、心配し、それから怒り出した。彼女は自分が気前よくできるように、わたしには慎重でけちでいて欲しいと思っていた。しかし、これはどうしてわたしの足の指の間にチューインガムがやってきたかの説明にはならない。

わたしは奇跡というものを信じない。人間の精神は、問題を問題として認めてそれを綿密に検討すれば、それがいかなる問題であれ合理的に解決できると信じている。わたしはこの問題を解くまで着替えはしないと心に決めた。本来は時間旅行という問題を研究することで、ポケットマネーとここに滞在する権利とを確保しているのだけれども。わたしは左足の靴下を床に落とし（ゾーイーが拾うだろう)、ベッドの端に座っていた姿勢から、キルトの上に俯伏せの姿勢に移行した。いや、キルトではなくて、忘れずにドゥーヴェイと呼ぶようにしなければ。日々作り出される新しい言葉を使えるようにならなければ、いつの日か自分が死語を話していることに気づく羽目になるだろう。わたしはこのチューインガム問題を、代数とユークリッド幾何とベーコン的な帰納法を用いて解くことに決めた。しかし、肌着と靴下片方だけではいささか寒く感じられるので、まずドゥーヴェイの下にもぐりこみ、それで身体を包んだ。肉体を快適にすると頭が冴えるからである。

与えられた条件——

M=この部屋を裸足で小走りに動き回ることもあるわたし
P=Mの足に貼りついたチューインガムの塊
UG=Pの原因であり原動力である知られざるチューインガムの噛み手
R=Mがけっして出ることなく、UGがけっして入ってこない部屋
W=M、P、UG、Rおよびその他諸物を包含する世界

要求されている事柄——PをUGの口からMの足へと移動させることのできる蓋然性の最も高い出来事を探し当てること。ただしその際に以下の条件を満たしていることが必要——

一、MとUGはあくまで互いを知らない。
二、自分の足の指の間に発見するまでは、MはPのことを知らない。

三、ＵＧは自分のもとを離れてからのＰの動きについて知らない。（噛まれたガムが口からなくなるのは、飲み込まれるか、吐き出されて空中を飛ぶか、指でつまみ出されて、他の何かに付着する場合に限られる。これらはどれも意識的な行為である。ただしすぐに忘れ去られてしまうが。）

論理構成！

そう、これで準備が整い、問題を幾何学的な時空間で示すことができるようになった。鉛筆も紙も定規やコンパスも必要なかった。肉体器官も五感もすっかり衰えて、世間の人々に対してやれること、示せることが大してなくなっているが、その衰えのおかげで、事物を心の中で見る能力が強化されている。世界に対してまったく無感覚になったとき、世界が完全に見えるのではと思う。目を閉じるまでもなく、わたしは以下のように視覚化する――

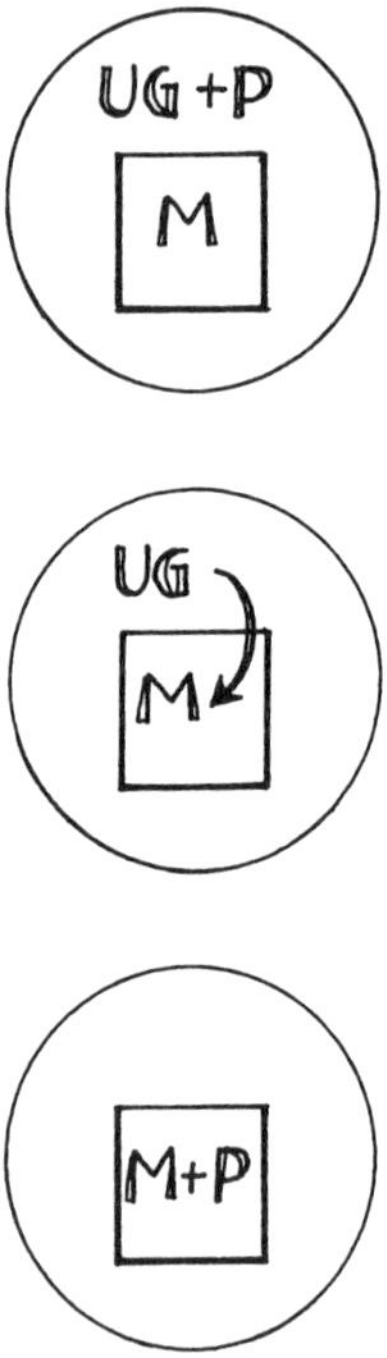

円は世界を表わし、四角はわたしの部屋、曲がった矢印はチューインガムの塊が部屋にやってきた動きを表わす。Ｐを外の世界から発射して、この床の暗緑色をしたまだらのリノリュームへと到達さ

せるような単発で単純な出来事を想像できるだろうか？　その後でわたしの足の圧力と熱とがPをリノリウムから剝がしたというわけだ。そんな出来事を思い描くのは簡単だった。

窓の外にはトネリコの木が一本あって、それは風のないときですら狂気じみて元気なように見える。背の高い幹が三本、同じ根から上方に伸びていて、そこから分かれた大枝というか長い枝のうち数本は優雅な曲線を描いている。しかし大部分は一メートルかそこら真直ぐに伸びると、まるで角を曲がるみたいにそこで急に上か下か横に向きを変え、そこから今度は波形、稲妻形、螺旋形、急なU字形を描いてさらに伸びているか、或いは、突然上に向かって爆発したみたいに一気に無数の小枝になっている。しかもそうした小枝自体が関節炎にかかったイカの触手さながらに、もつれねじれあっている。わたしがチューインガムを発見したその日のこと、細枝や葉をつけたそうした幹や大小の枝が激しく揺れ、身悶えし、大きくしなっては、わたしに、これらはすべて草地――野原と言うには滑らかすぎ、芝地というには粗すぎる――の一区画に根を下ろしていることを思い出させていた。わたしはまた、この木と部屋の窓の間に、しかし木よりも窓に近いほうをアスファルトの小道が走っていることを思い出しもしたようだ。こうなれば、頑丈そうながっしりした男の姿を容易に思い描くことができた。オーバーオールに長靴、布製の縁なし帽という出で立ちのその男は、ガムを嚙みながらその小道を大股でやってくるが、すっかり味がなくなったので、それを親指の先の方のふくらんだところにくっつける。それから力のこもった中指の爪の先が親指の関節の窪みにあたるまで曲げ、次に親指を安全装置にして中指に筋肉圧を集中する。頭上の開け放たれた窓が目に入ると悪戯心を起こしてそちらに手の狙いをさだめ、親指の安全装置を解除すると、（一向に立ち止まらずすたすたと歩きながら）パチンコよろしくその塊をピシッと勢いよく発射して、窓の奥の部屋の床まで飛ばす。そのときわたしのことは、わたしが彼のことを知らないのと同様、まったく知らないままである。しかし、その窓は断じて開いていない。したがっていまやわたしはこの問題に関して、これと同じくらいの品の高さを持ちながらもっと複雑な解答を探さなくてはならない。

開いて〈いない〉だって？　〈この問題〉だって？　〈いまや……探さなくては〉だって？　どうやらわが探究を現在時制で行っているようだ、たしかに過去時制で始めたはずなのだが。時間旅行は終わりがない。それに、窓がいつも閉まっている状態にあるということで、そのがっしりした男の存在が考えにくくなってしまったのが残念である。一瞬わたしは彼のことを友人だと思ったのだ。以前よく、わたしを愛してくれるもの（ゾーイーではない別の人物）に天気のいい日には窓を開けてくれるよう頼んだものだった。しかし彼か彼女かは決まって言うのだ、「おじさん、残念だがそれはできないんだ。規則に反するもんでね。なぜ空調費として金を払ったと思ってるんだい？」なぜ空調費として金を払ったか、わたしは知らない。わたしは空調が大嫌いなのだ。嫌いになったのは一九八〇年代、わたしが有名だったときだ。いや有名だったに違いない。なぜならだれもが異口同音に、有名だというのはどういう気分かとわたしに尋ねていたのだから。いつも答えたものだ、「ありがとう、悪くないよ。特権はいろいろ役立つしね」いま思い出せる唯一の特権は北アメリカの空港から空港へと飛び回り、ホテルで眠り、いくつもの会議場の演壇に登ったこと。空港もホテルも会議場もどれもよく似た建物で、同種の備品と一様に空調のため開けることのできない窓がついていた。飛行機内の空気の方が新鮮だった、ただそこでも窓は開けられなかったのだが。アメリカで見た唯一開けることのできる窓は建物から建物へと突っ走る車の窓だったが、もしそれを開けようものなら、排気ガスの毒に当たって死んでしまっただろう。それでわたしはこもった空気を呼吸するのにいまや慣れているわけだが、おかげで記憶が損なわれてしまった。なぜみんながわたしのことを有名人だと思ったのか、アメリカ中がわたしに質問をしたのかが分からないし、またなぜ自分がアメリカへ行ったのかも分からない。それは作り話だったに違いない。小さかったころ、母に何かものすごく言いたいことがあって、ところが急にそれが何であったか思い出せなくなってしまうことがあったが、そんなとき母は決まったように、「それは作り話だったに違いないわ」と言うのだった。

ちょっと待った！　大勢の聴衆の前でわたしを紹介した男の言葉を少し思い出したぞ。あれはトロントだったか、サン・フランシスコだったか、ケベックだったか、シカゴだったか、モントリオールだったか、ピッツバーグだったか、ヴァンクーヴァーだったか、いずれにしろその男はわたしを〈二十世紀の生んだ最も人間愛にあふれ、比類なき洞察力と明晰な頭脳を持った思想家〉と呼んだのだ。そうだ、そうだった。わたしが北アメリカの至るところを旅したのは、紹介の言葉を聞くのが楽しかったからだ。これはチューインガムの問題に何ら解明の光を投げかけるものではない。いま分かっているのは、UGが指で飛ばしたり、吐き出したりして、Pをわたしの部屋のなかへ送り込むのは不可能だったということ。UGがそれを飲み込まなかったことは確かである。たとえそうした塊が消化管や腸やその先の括約筋を通過してもなお、色や粘着性や個体としてのまとまりを保持しえたにしろ、そのプロセスを経た後にどこに存在するかを考えれば、わたしの部屋に入ってくるとは考えにくい。UGが公共下水道へ排出したにしろ、生け垣の裏に糞をしたにしろ。以下の図の構成は最も蓋然性の高い出来事の連鎖を表わしている。ここでXはありきたりの物品を表わし、それが最初わたしの部屋の外の世界にあったのが、後には中にある、つまりそっちからこっちへと運ばれてきたわけで、だれが運んだかというと……しかしその物自体がだれが運んだかを明らかにするであろう。そこで視覚化してみよう！

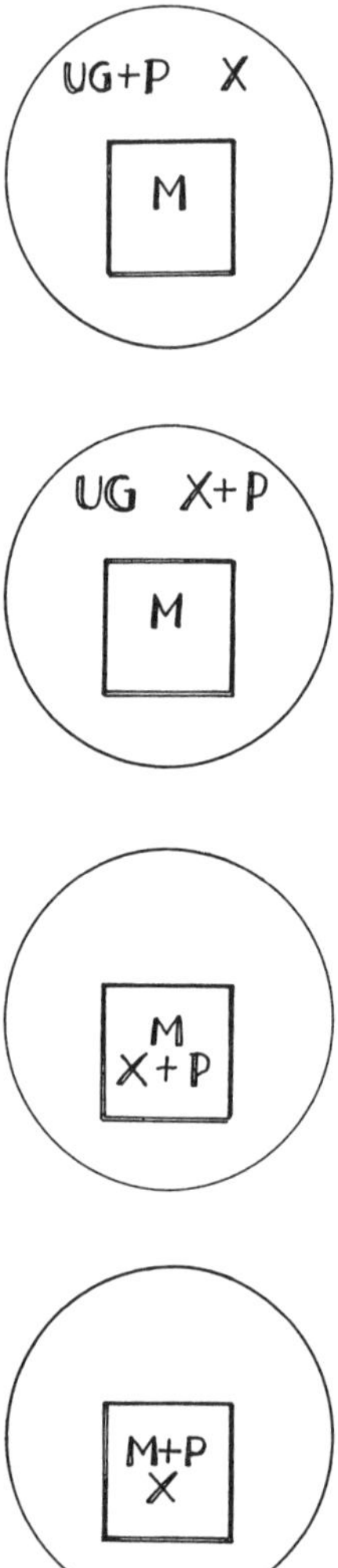

この論理構成において、UGは何気なくXに付着させることによってPを手放すわけで、そのXがゾーイーかまたはわたしの世話をしてくれる他の人たちの一人によって、この部屋に運ばれるということになる。或いは運んだのは、だれか訪問者であろうか。しかしここ何年も、わたしを訪ねるものは一人もいない、つまり名声は長続きしなかったのだ。

採用した解法が可能にする範囲内で、いまやこの問題は近づけるだけ答に近づいていた。わたしは演繹法が大好きである。ギリシャの幾何学とイスラムの代数学を統合したその思考法に、デカルトからレヴィ=ストロースに至るまで、大陸の思想家たちが例外なく誘惑を感じてきたのも驚くに当たらない。しかしながら、Xが何かを特定するためには帰納法、二人のベーコンとウィリアム・オブ・オッカムによって考え出された実際的なイギリス様式の問題処理法を必要としたのだ。注意力が散漫になったときにわたしが踏みつけたかもしれない室内にある品目をすべて書き出したリストを作り始めていた。実際、そのずっと以前から承知していたのだが、椅子が奇妙な動き方をして気が散らされていたのだ。その椅子はベッドと窓の間、しかしベッドより窓に寄ったところにある。チューインガムの塊を見つけた日に、それがどのような作用をしたかを語る前に、それがふだんどのような姿かたちを見せているかを記しておかなくてはならない。

それは背の低い、木で組まれた軽い肘掛け椅子である。第二次大戦後まもない頃は、お金がいまより均等に人々に配分され、物資が不足し、金にしても物資にしても贅沢に使うことは無駄で醜悪なことだと考えられていた。しかしこの椅子は安物には見えない。優雅に先の細くなった脚の曲線、目立たぬように先が幅広になって、いかにもくつろげそうな肘掛けの曲線は、飛行機のデザインを多少とも借用していると同時に、日本とスカンジナビアの影響も見られる。座席と背凭れの部分にはたっぷり詰め物がしてあるというのではないが、支えがとてもしっかりしているので座り心地は完璧。ゾーイーが所有している家具は例外なく、見た目も使い勝手もいいものである。かつてこれとそっくりの椅子がもう一つと、それに似合いのソファーがあった。もし標準的な肘掛け椅子なるものが必要なら、わたしは心からこの椅子を指名したいと思う。ちょうど欠陥のない健康な馬が、ジェイムズ・ワットの提案により今日に至るまで人工のエンジンの力を計る標準になっているように。それともこうした言い方は、わたしが過去に生きていることを示しているのだろうか？　技術者たちはもうエンジンの性能を馬力で計ることを止めてしまったのか？　馬は鯨と同様に絶滅したのか？　ワットはもはや電力の単位ではなくなっているのか？　ワットはグリーノック出身の十八世紀の機械工で、彼が石炭を燃やす蒸気エンジンを発明したのだ。ルドルフ・ディーゼルの圧縮オイルによる蒸気エンジンが、ワットの機械だけでなくワットという用語にも取って代わってしまったのか？　いやパニックを起こすことはない。これは言葉の問題なのだ。つまりキルト-ドゥーヴェイ問題であって、スコットランドの科学技術がドイツの科学技術によって破壊されたという問題ではない。さて、その椅子が普段どんな色をしているかを記述しないと、一週間前のその椅子の奇妙な振舞いを記述することができない。

その椅子の外側の目に見える木材加工部分は磨かれ、着色され、ニスを塗られて、ほとんど木目が消えるほどの濃すぎないチョコレート色になっている。座席と背凭《もた》れはあずき色の布で覆われていて、それが色褪せるまでは派手すぎる感じが気に障ったものだ。ベッドの中からだとその椅子を側面から見ることになる。ホイッスラー描くところの母親が座っている椅子みたいに。すると側面の後部の布に細長い穴が見える。そしてそこから、色もついておらず、未加工でニスも塗られていない木材が少なくとも六十センチ以上にわたって、開いた傷口から見える骨のような姿を覗かせている。この穴は擦り切れたり、破れたりしたものではなく、例えば猫の爪のようなもので引き裂かれたものである——布地がほつれて穴のまわりからぼろぼろと垂れ下がっている。それに、以前何年も食器棚をひっくり返していた折に、猫の存在を示す別の証拠も見つけてもいる。それはプラスチックの餌用の皿で、その彎曲した側面には〈ふさふさちゃん〉と印刷してあったし、さらにまた〈マーマイト・イースト・エキス〉の容器と〈おばあさんのトマト・スープ〉の容器の後ろに〈猫の髭印のスーパーミートー鶏と兎肉ミックス〉の缶詰を見つけたのだ。何より不吉なのは、もうなくなって久しい椅子と似合いのソファーの背後に、一辺六十センチ以上のボール紙の箱を目にしたことだった。その一つの側面にはドアのようなアーチ型の穴が切り取られていて、その他の横の面と上の面にはレンガ壁を模した図柄と〈猫のお城〉とか〈ニャン子の隠れ家〉とか〈ふさふさちゃんの館〉といった文字が記されていた。この文字はゾーイーの書いたものではなかった。その意味するところは、彼女が歩道にいたわたしを助けてこの部屋に上げる前に、猫と同時に別の人間を愛していたということだった。その人物は釣りが好きだった。ベッドの下には小枝を編んだびく、タンスには釣竿、玄関の戸棚には釣り用の長靴があった。そうしたものについてわたしは一言も口にしなかった。そしてある日帰ってくると、それがみんな姿を消していたのだ。わたしは何も言わなかった。というのも、わたしがそうしたいと思えば、去るものは日々に疎しとなるのだから。それに〈ふさふさちゃん〉が椅子を引き裂こうが、わたしには気にならなかった。猫は、その爪を使って木を上ったり下りたりし、また土や草を引っ掻いて自分の糞にかけることで、猫たるものになったのだ。猫に引っ掻くのを禁じることは、人間に爪や髪を切るのを禁じるのと同じである。さらにまた、わたしがチューインガムの塊を見つけた年には、その椅子は〈ふさふさちゃん〉に反応していたわけではない。それは輝いたり暗くなったりしていた。褪せたあずき色が赤い光を帯び、それがちらちら明滅したかと思うと、次の瞬間には新品だったときのような、しかしきわめて不規則なダンスをする木の葉の動く模様を表面に映し出しながら、目も眩むほどの鮮やかさを湛えるのだ。その模様（明るいあずき色の上では暗い赤色）は剝き出しの木材の上では象牙色を地にした紫がかった灰色に見えた。三十分ほど椅子はずっとこんな状態だったが、突然、疲れ切った踊り子のように、二、三秒間のうちにいつものくすんだ古びた色に沈み込んでしまった。それまでその椅子は若い頃見た木の葉のことをあれこれと思い出していたのだろうか？

窓の外を一瞥して、わたしは驚くべき偶然の一致に気がついた。トネリコの葉の形と動きが、椅子からいましがた消えてしまった模様の形と踊るような動きと同じだ。さらにもう一つの偶然にも気づいた。葉や枝や幹がそよぎ、しなり、揺れているが、その方向も激しい動き方も、彼方の空を飛ぶ白っぽい灰色をしたぎざぎざの雲と同じなのだ。絶えず動くその雲間には青い空がのぞき、また思いがけぬ陽光が雲と雲の間から差しこんだりする。地中に張った根がなければ、その木の各部分はすべて雲といっしょに飛び去ってしまっただろう。それは強力なモデルがどれほど伝染力をもっているかを示している。もし木と雲の間にある空気が目に見えるものであったなら、それも同じように激しく動いているのが見えたのではないだろうか。一瞬わたしは、椅子の内部の運動がどのようにして惹き起こされたかという問題が解けたように思った。テレビや酒場のゲーム機が示しているとおり、人々は輝いたり明滅したりするものに多額の金を払うだろう。しかしわたしはショー・ビジネスに乗り出していくには歳を取りすぎている。自然界に宿る偶然の一致の戯れを受け身になって楽しみ、内的な思索の戯れを能動的に楽しむだけで十分なのだ。この二つの戯れによってわたしは有名な発見にたどりついた。言うまでもない、わたしの発見はこの二つの戯れのおかげだったのだ。

アインシュタインは統一的な場の理論を樹立せぬままに死んでいて、物理学者たち全員がそんなものは不可能だという共通理解に達していたとき、わたし、一植物学者のわたしが証明したのだ、宇宙の部分部分は他の各部分を微細な点に至るまで反映し、さらに、それぞれの微細な部分に固有のそれぞれの過去と最終的な未来の可能性を反映していることを。スイセンの持つ感覚と運動の固有性を証明するわたしの論文は、同時に、あらゆるものに宿る感覚と運動の固有性を証明した！　それはアインシュタインのみならずケプラーもまた一貫して正しかったのだと証明することによって、ニュートン物理学における重力のパラドクスのすべてを一掃することになった。星を見るがいい。天文学者たちに言わせれば、それは遠方の太陽もしくは星雲なのだということになるだろう。しかしそれが光の塊であることとくらい蛾でさえ分かる。それが光を発しているとわれわれに分かるのは、われわれがその贈り物の輝きの内側に、その星の内側に生きているからなのだ。そのきらきら光る小さなものは、他のすべての星や銀河を包含する光り輝く果実の核もしくは中心点なのである。わたしの発見は多くの賢い人々の怒りをかった。というのも、孤独とは無知が都合のいい形で現われたものであると証明することで、連中の隠れ場所を奪ってしまったからである。「ナンセンスだ！」と血の気の盛んな実用派の人々は怒声を発した、「ある塊によって発せられる光、熱、音などはその塊の部分などではなくて、排出物なのだ。人間に有用な糞を投げかける塊もあれば、有害なものを放射する塊もある。だからその源が何であるかを明らかにする必要があるのだ。あなたが星と呼ぶ源は、生命にとって欠くことができず、航海者にとって役に立つ光線を発する核分裂性の物質の巨大な塊に他ならない」

このように自己中心的な見方をする人々をとがめることはできない。かれらは宇宙の食品貯蔵室をうろつくゴキブリにしかなりたいと思わないのであり、したがって宮殿の他の部分には何の関心も持たないのである。カトリックとして活動した偉大なフランスの哲学者の怒りにはもっと気高いところがあった。しかし、精神と肉体の不必要な分離にすっかり取り憑かれたために――自分の考える宇宙の恐ろしき本性をあがなうことができるのは宇宙の外側にいる神のみであると固く信じたために、彼はわたしの発見が一面で持っている再生の力をどうしても認めようとしなかった。

「これら広大な空間の沈黙がわたしを怯えさせる」と、星と星との隙間について語りながら彼は言った。わたしは彼にそうした隙間は市場の喧騒における肉体と肉体とのあいだの空間と同じなのだと言った。そこでは光が取り交わされているのだが、あまりに速くてわれわれの目に捉えられないだけなのだ、と。

「大馬鹿もの！」と彼は叫んだ、「光輝く星々の体系すべてが光速よりも速いスピードでわれわれから遠ざかりつつあり、ついには崩壊して黒い燃え殻と化してしまうことを知らないのか。そこからは一筋の光も思考も、われわれの小さな世界のかつての姿である凍った燃え殻に届くことはないのだぞ」

彼の精神はわたしに答えている間に、そうした光輝く体系に追いつき、それが息絶えた後も生き延びて、終息を迎えたわれわれ自身の世界に戻ってくることにより、この世界に一筋のとんでもない光によって活気を与え、とんでもなく陰鬱な思考によって尊厳を与えたのじゃないか、とわたしは指摘してやった。彼は顔をしかめて言った、「それは言葉の遊びだ。言葉は思考の表現であって、物理的な力ではない」

発せられた音は、閉じた心を開くことはできないかもしれないけれども、デイジーの花びらを開く明け方の太陽の光と同じように物理的な力なのだ、とわたしは指摘した。しかし彼は自分の考える恐るべき宇宙を直視しなければという信念に酔っていたから、「屁理屈屋め！」とつぶやくと、わたしに背を向けてしまった。アメリカ人はそうではなかった、少なくとも最初のうちは。思うのだが、かれらはわたしを宇宙計画だか宇宙戦争だか、広告屋たちが好きに名づけたもののプロパガンダに使ったのではなかっただろうか。それは、ソ連がアメリカと先陣争いをしているふりを止めてしまって、プロパガンダが無用になる前のことだった。

宇宙の問題を解決してしまったので、いまやわたしにはもっと小さな問題で頭の体操をすることが必要である。時間旅行とか、この二、三日ゾーイーがどこに行っているのかとか、そして〈足の指の間——謎のチューインガムの塊事件〉とか。

右記のなかの最後の問題について、それを現在解きつつあるのか、それともかつて過去にそれをいかにして解いたかを思い出しているだけなのか、はっきりしたことは言えないが、しかし、時が来て（或いは、すでにやってきていて）、わたしは外の世界から最近わたしの部屋に持ち込まれた物品のリストを作った（或いは、作るつもりである）。そのリストは——食料、洗濯された衣料とタオル、新聞、手紙。それからわたしはもう一つのリストを作った（或いは、作るつもりである）。部屋の床にある物品、わたしの足が踏みつけた可能性のある物品のリスト——リノリューム、縁に飾りのついた敷物、および食料、衣料、タオル、新聞、手紙といった床面によく落ちるもの。両方のリストに共通する物品は一時にひとつずつ入念に考察されなければならない。なぜならその中のどれかが問題のXに他ならないはずだからである。そしてふと思い出したのだが、手紙と新聞は両方のリストから除外されなければならない。もう何年もだれもわたしに手紙を書き送ってはこないし、新聞の購読は一九八〇年代に起きた最後の大きな炭鉱ストの間に止めてしまった。そのときわたしは悟ったのだ、二党間で行われる選挙システムという大昔からある欺瞞に支えられて、イギリスが再び寡頭制経済になってしまったことを。しかしリストなど必要ないのだ。なぜならいまやわたしには分かるのだから、チューインガムが昨日わたしのはいた靴下の片方の中から出てきたに違いないということが。それはわたしのすべての靴下同様、この部屋の外にある洗濯機で洗われ、そこでは他の人間（そのうちの一人が知られざるチューインガムの噛み手たるUGということになる）の衣服も洗濯される。UGは偶然にカーディガンかそれとも他の毛製品の衣料にチューインガムの塊Pをくっつけた。UGの世話係（おそらくわたしの世話係と同一人物であろう）がその衣料を洗濯機の中に入れると、石鹸溶液と水圧の効果で汚れの大部分は分解されたが、Pはカーディガンから、裏返しになっていた——夜わたしが靴下を脱いだときのお決まりの状態——わたしの靴下の指の部分に移動しただけだった。ゾーイーであれ誰であれわたしの世話係がその洗濯済みの靴下を夜の間にちゃんと元に戻して、わたしが翌日はけるように並べてくれるのだ。わたしの靴下がどれもチューインガムの塊に似た灰色であるために、ゾーイーにしてもだれか他の人間にしてもそれを取り除きそこねたのだろう。分かったぞ！

わたしは幸福で平和な二、三分間、いい気持ちでこの優雅な解決の余韻に浸った。チューインガムの塊を発見してからずっと、右手の親指の先と人差し指の先とでいたずらにこねくりまわしていたのだが、それをベッドわきのバケツの形をした金属製のごみ箱にいよいよ投げ捨てようとしたとき、その柔らかくて塑性を有する粘着力に宿る何かによってわたしは、それがそもそもチューインガムであるのかどうかに疑問を感じた。それは〈ブルー-タック〉と呼ばれるもっとずっと新しい発明品によく似ていた。最初に売り出されたのは一九七〇年代（だと思う）で、メモ用紙や軽い絵の複製を壁などの表面に貼り付けるための道具で、メモ用紙や複製画や壁の表面に穴をあけることも、また汚すこともないという代物だった。しかしわたしの部屋にそんな品物はない。必要ないのだ。窓の前のゾーイーの椅子、窓の外のトネリコの木がわたしの必要とする思考の慰めと思考の食料のすべてを与えてくれる。それともわたしは何かを忘れているだろうか？　疑いをもって、入念に、近くの壁をくまなく眺める。そう、たしかに忘れていたものがある。

わたしのベッドのそばに小さな金属性の衣装ロッカーがある。それには、慢性的な病気や身体障害にかかった人たちのための病院とか療養施設以外ではお目にかかったことのないような車輪がついている。横になると顔の目の前に見えるそのロッカーの側面に、ブルー-タックの小さな塊を使って上の二箇所と下の右側を留めた用箋が一枚貼ってあるのだ。それは手紙で、上部にはいつもかわらぬ王家のしるしが刻印され、下に第三のチャールズ王という走り書きの署名がしてある。その二つに挟まれた部分はたいへんきれいに印刷されているか、もしくは申し分のないタイプで打たれていて、わたしが百歳の誕生日を迎えたことへの祝いの言葉が記されている。クソッ、チクショー、ファ……、いや、ファックなんて言葉を使って悪態をついてはいけない。『チャタレー夫人の恋人』の一九二八年版の書評に自分が何を書いたか思い出すのだ――「ロレンスは、いかなる言語においても本来もっとも深い優しさを湛えているはずのことばを復権し、優しく使えるようにした」そんな書評を書いたというので、『グラスゴー・ヘラルド』紙はわたしを馘にした。一九二八年にはわたしにも度胸があった。ひょっとするとあれがわたしの最高の時だったのかもしれない。しかしこの手紙、わたしが引き破り、まるめ、ごみ箱に投げ入れるこの手紙は不愉快な三つの事実を明らかにする。

一、現在は二十一世紀である。
二、イギリスはあいかわらずくそったれの度し難い君主制の国である。
三、わたしが最近ゾーイーに、いや知り合いの誰にも会っていないのは、ほとんど二十五年前になる〈ふさふさちゃん〉の死から十年のうちに、彼女も、そしてかれらも死んでいるからである。

ゾーイーの椅子を残していってくれたのが嬉しい。
そのおかげで時間旅行が容易になる。

運転手のそばに

この知性的で心優しい老年の女性はかつて教師をしていた。その経歴は衒《てら》いのないものの言い方や機敏な身のこなしに窺われる。彼女が見上げる駅の掲示板には、十一時十五分バンドロン発シャグロウ行〈水瓶座〉号はプラットホームHから出発、と記載されていて、それが彼女を悩ませる。記憶力が減退しているのは承知しているが、駅のプラットホームはかつて数字で呼ばれていて、アルファベットで呼ばれていたのでないことは確かなはずだ。それをどうして変えたのか？　それにプラットホームを歩きながら気がつくと、車両にはとても小さな角を丸くした窓がついている。前回彼女が鉄道を利用したときには、窓は大きくて長いガラスで、それが各車両の側面の端から端までほとんどぶちぬくような形に

はめられていた。彼女はまた、車両が駅馬車の内部を思わせるコンパートメントに仕切られていた頃のことを思い出す。それぞれのコンパートメントの真ん中のところにドアがあって、その窓は厚手の革の帯に空けられた穴をぴかぴかの真鍮の鋲にはめることによって、上げ下げすることができるのだった。彼女は立ち止まり、このモダンな列車の先頭近くの車両のドアを調べる。そこには窓もハンドルもない。ただ中央に〈押す〉と刻印された四角いボタンがあるだけ。彼女はそれを押す。ドアがブラインドのようにするすると上がる。彼女が車内に入ると、その後ろでドアがぱたんと閉まる。

彼女は真ん中の通路を歩きながら左右に目を配る。高い背のついた座席が両側に三つずつきれいに並んで、すべて彼女の方を向いている。一番手前の六つの座席の背によって、それより後ろの座席は見えない。一方の窓のそばには恰幅のいい老人が座り〈イギリス正統派共産党〉発行の新聞を読んでいる。元教師は結構ねというように頷く。というのも、彼女は共産党員になったことはなかったが、急進的な政治を是認しているから。老人のとなりには心配げな様子の主婦、主婦のとなりには青いキャンバス地の三つ揃いを着た落ち着きのない小さな子供。その元教師は一目で性格を読み取ることができるのを誇りにしていて、これは手に技術を持った職人階級の家族が親、子、孫と三世代揃っているのだと結論を出す。反対側の窓のそばには中産階級の中年夫婦が、しゃちこばって背筋を伸ばし、まっすぐ前を見て座っている。互いに相手を無視しているようだが、元教師は再び結構ねというように頷きながら、二人の席の間の肘かけの上で男の左手が女の右手を固く握っているのを認める。彼女はこの夫婦のとなりの空いている席に腰を下ろし、誰にともなく言う、「モダンな列車が飛行機に似た外観をしているのは、飛行機と同じくらい速く動くからなんでしょうね。残念だわ、だってわたくしは飛行機旅行が大嫌いなんですもの。でもこのコンパートメントが牽引するところ——むかし蒸気の時代には機関車と呼んだところ——に近いのは嬉しいわね。運転手の近くにいると、安全だって思えるの」

「わたしの父も同じように思っているんですよ。自分では絶対認めようとしませんけれど。そうよね、お父さん?」と主婦が言うが、老人は小声で、「黙りなさい、ミリアム」

「わたしも同感だわ、あなた」とこわばった姿勢の女性が夫に向かって囁くように言い、夫は「そうだということは分かっているよ、きみ。だからお黙りよ」と囁く。

元教師の頭にはただちに、この結婚した男女を表わすための〈きみ・あなた夫妻〉という言葉が思い浮かぶ。旅の始まる前に会話の始まったことに気分をよくして彼女は言う、「多くの鉄道事故では、列車の後ろの方が衝突するんじゃありませんこと。ですから統計的に見て、機関車のそばの方が安全ですわ」

「馬鹿みたい!」と子供が甲高い声で叫ぶ。

母親が「失礼なことを言うものじゃありません、パツィ」と言うが、元教師はせき込むように言い返す、「いいえ、いいんですよ。わたくし教師なんですの。引退しましたけれど。でも、難しい子供の扱いは知っています。わたくしの言ったこと、どうして馬鹿みたいなのかしら、パツィ?」

「だって、衝突のときには一つの列車の前はかならずもう一つの列車の後ろに当たるもん。だから列車で一番安全なのはいつだって真ん中のところさ」

老人からくすくすという こらえ切れない笑い声が漏れ、ほかの大人たちは微笑みを浮かべる。一瞬の沈黙の後、元教師は財布を開き、硬貨を取り出して言う、「パツィ、これはできたてでぴかぴかに光っている銀貨みたいな五ポンド硬貨よ。あなたにあげるわ。わたくしの言ったことは馬鹿みたいだったし、それをあなたがきちんと直してくれたんですものね」

その子は硬貨をわしづかみする。他の大人たちは大きく目を開いて元教師を見つめ、会話が新しい話題に向かうかというときに、邪魔が入る。

椅子の背凭《もた》れの中からチャイムのメロディーが聞こえ、その次に、静かで、しっかりした、人当たりのいい声が響く——「ご乗車のみなさん、ようこそ。こちらはキャプテン・ロジャース、みなさまの運転手です。一九九九〈水瓶座〉号、バンドロン発シャグロー行きにご乗車いただき、ありがとうございます。途中停車駅はバグチェスター、シュルー、スピットンフィティットニー、グレックです。〈水瓶座〉号はこの放送終了と同時に発車し、きっかり四十一分後にバグチェスターに到着します。紅茶、コーヒー、サンドイッチの販売は二十三半時からとなります。また、最新の株式市場報告に従って、紅茶は一・六〇ポンド、コーヒーは一・九九ポンド、サンドイッチはまだ先週の価格のままで、この旅行中その価格からの変動はない模様です。バーはただいま開きました。〈イギリス鉄道〉はみなさまに快適な旅をお約束いたします。ありがとうございました」元教師が左手の窓から外を見ていると、駅の天蓋を支えている柱が横に滑るように動く。そして姿を現わしたスレートの屋根の列やまばゆい高層ビル群の光景がぼやけ、消えていく。

他の乗客たちは紅茶の値段に文句を言っている。元教師は言う、「でもあらかじめ断わってくれたのは気分がいいわ。それより二十三半時ってつまり何時のことかしら？　こんなこと引退した教師が認めるのは老化の証拠だけれど、わたし、こうした新しい時刻の表示の仕方がよく分からないの」

「十一時半のことじゃないのかしら？」と主婦が確信なさそうに言う。

「午前の？」

「ええ、違います？」

老人が急に言う、「馬鹿なことを言うんじゃない、ミリアム。二十三半時は二十三から十二を引いて半分を足した十一と二分の一、つまり午後の十一時半だよ」。

「ちがう、ちがう、ちがうよ」と子供が興奮して叫ぶ、「校長先生が言ってるよ、時間を十二を単位にして考えちゃいけないって。コンピュータとか十法進とかがあるからね。コンピュータは十法進で数えることができないんだ。だから二十三半時は二十三時半ということだよ」

「パツィ！」と老人が低い落ち着いた声で、「この先十分間、もし一言でもしゃべったら、おまえの横顎がまるまるわしの拳ぶんへこむくらいのパンチをお見舞してやるぞ！」と言うが、元教師はただ溜息をつくだけ。それから彼女は言う、「正午の前と後に十二時間ずつある昔ながらのやり方を使わせてくれたらよかったのにねえ。でも駅の時計まで変わってしまった。時刻と分が縁に記されていて、過去も未来も読めた丸い文字盤の代わりに、いまあるのは現在が何時何分かということしか分からない四角いパネルですもの。無味乾燥の八時二十分があって、それからカチャッ！　すると無味乾燥の八時二十一分になっている。罠にかかった気分になるわ。罠にかかって身動きがとれない、と同時に押し出される感じね。それにコンピュータに十二を単位にした数え方を教えるのはきっと可能だとおもうわ。ずいぶん賢いコンピュータがあるって話ですもの。わたくし、一分が次の一分に移るあのカチャッが大嫌い」

「あなた、わたしも大嫌いよ」と〈ミセス・あなた〉が言い、「ぼくもそうさ。きみ、お黙りよ」と〈ミスター・きみ〉が言う。

「時間とお金!」と元教師がまた溜息をつきながら言う、「ずいぶんたくさんのものがずいぶん急になくなったわ——ミソサザイの刻印されていたあのかわいいファージング硬貨、厚い茶色の三ペンス硬貨、銀色をした六ペンス硬貨、昔の半ペニー硬貨とかね。知ってたかしら、パツィ、昔の半ペニー硬貨は直径がまるまる一インチあったのよ。いまの二ペンスと同じね」

「一インチってどれだけ?」

「二、五三九九九八センチメートルよ。昔の硬貨はすてきなずっしりした銅貨でね。二百四十ペニーで一ポンド。もうああしたものにお目にかかる日は来ないでしょう。小さな戦艦とエディストン・ロックスの灯台との間の荒波を支配しているブリタニアが描かれている硬貨なんかね。ブリタニアってほんとうにいた女性なのよ。知っている人は多くないけれど。モデルになったのは、陽気な王様チャールズ二世のガール・フレンド、彼の愛妾と言われているネル・グウィンじゃなくて別の女性。昔のペニー硬貨は歴史をたくさんたくわえることができたわ。いえ、硬貨そのものが歴史だった! 一九六〇年代でさえ若いヴィクトリア女王の顔の刻印された硬貨がまだ見られたもの。それに歳を取ってからの女王にはすっかり馴染んでいたから、みんなそうした硬貨を何の疑問もなく当然のこととして受け容れたのね。考えてもごらんなさいよ、わたしたち買い物に出かけるたびに、その昔チャールズ・ディケンズや毒薬魔のドクター・プリッチャードや造船や土木の優れた技師だったアイサムバード・キングダム・ブルネルのポケットでちゃりんと音を立てていた硬貨を手にしていたのよ」

「ちょっと関心をお持ちかもしれないから申し上げますが」と〈ミスター・きみ〉が言う、「十進法以前の旧一ペニー硬貨から現代の一ペニー硬貨の重さを引いた差額は、ポケット・テレビ九百七十三台分の電気回路を作るのに十分な量の銅を産み出したんですよ」

「そりゃ本当かね?」と老人がひどく激した調子で口を挟んだので、一同が彼を見る。そして〈ミスター・きみ〉が「何をおっしゃりたいんです?」と尋ねる。

「銅貨か!」老人は興奮して言う、「小ぶりの通貨に転換することによって蓄えられた銅は、大衆のための安いテレビを作るのに使われたりなどまったくしなかったんだよ! 電子核防衛システムの回路を作るのに使われたのさ。それがイギリスの納税者に一千八百三十億ポンドもの負担をかけ、しかも、呆れるじゃないか、最終的に設置される前にもう時代遅れの代物になったんだからな」

「あなたと政治談義をしたいとは思っておりませんから」と〈ミスター・きみ〉は言って、再び窓の外に目をやる。老人は鼻を鳴らし、新聞を読みふける。

その後の沈黙に一番気まずい思いをしたのは女たち。母親は、ビュッフェでチョコレート・ビスケットを買っていらっしゃいとパツィに新しい硬貨を持たせて送り出す。元教師は低い声で母親にパッィの性別を尋ねる。母親も低い声で、いまは性の話が多すぎるように思う、自分の母親はそのことを口にしたことがない、と説明する。そして、彼（女）が性別を選べるだけの年齢になったら、彼（女）自身が決心するだろう、と。元教師は結構ねという様子で頷くが、自分の経験では、子供たちは少し手引きをしてあげると感謝するものよ、と言う。母親は同意しない。子供が両親から学ぶべきは正しいマナーだけだ、少なくともパツィはあの恐ろしいウーマン・リブの一員になったりはしない、と言う。華美な服を身にまとう非行少年テディ・ボーイにもならない、と。老人が突然「キャットだ」と言ってみんなを驚かせる。

「それ何のこと？」と彼の娘が尋ねる。

「テディ・ボーイは四〇年代だ」と彼は説明する、「ビートニックが五〇年代、ヒッピーが六〇年代でモッズやロッカーが七〇年代。パンクが八〇年代。いまは連中クール・キャットと名乗っているんだよ」

「本当ですか？」と元教師が尋ねる、「若い人たちのことを呼ぶのにずいぶんと奇妙な名前がたくさん使われましたわね――やれスキンヘッドだ、やれボビー・ソクサーだ、それからフラッパーだ、ナットだ、マッシャーだ、マカロニだとか。ですからわたくし、若い人たちのこと青年って考えることにしたんですの。警察の報告書ではいつだって青年という言葉が使われていますからね」

「いかにももごもっともですよ」と〈ミスター・きみ〉が呟き、さらに言葉を継ごうとしたが、再びさえずるような音楽が流れると、それに続いて落ち着いた親しげな声が響く。

「ご乗車ありがとうございます。こちらキャプテン・ロジャースです。列車はダイヤ通りに理想的に運行しています。左手を飛ぶように過ぎていくのはバンドロン郊外の貯蔵所の鉱滓の山に植林してできた森、右手に広がっているのは〈イギリス・ゴリウォグ・ジャム株式会社〉の大豆畑です。申し訳ありませんが、株式市場の特別ニュース速報により、止むを得ず、コーヒーの価格をカップ当たり二・四〇ポンドに引き上げさせていただきます――」（乗客たちの怒りと不快感を表わす怒号がしばしアナウンスをかき消す）「――ビスケットは少なくともシュルーまでは価格に変動なしの見込みです。交通運輸にご関心のある乗客の皆様には申し上げるまでもないことですが、〈イギリス鉄道〉にとりまして本日は特別な日です。あと一分半で、アイサムバード・キングダム・ブルネルが――」（「ブルネルよ！」と元教師が息を飲む）「――グランド・アルバート・ロイヤル・ペナイン吊橋に最後の祝賀のリヴェットを打ち込んだときから、まさしくちょうど百五十年後という記念すべき瞬間を迎えるのです。その橋は広軌の鉄道でボックス形大梁を用いた最初の吊橋でした。祝意を表するため、これより編曲および歌ノエル・カワードによる『古きイングランドの鉄道』を流します。イギリスの東西南北どこまでも、列車は進むよ果てしなく。息を切らせてゴトゴト登るはキリークランキーのさびしい急坂、ストックポートの陸橋は轟音響かせ駆け抜ける。さあ乗客の皆様、ノエル・カワード唄う『古きイングランドの鉄道』です。どうぞご起立ください」

最初まず前置きのような太鼓がとどろき、そこに厳かではあるが同時に挑みかかるようなトランペットの一吹きがかぶさる。〈ミスター・きみ〉と〈ミセス・あなた〉と元教師が立ち上がり、母親も立ち上がろうとするように思えた瞬間、老人が押し殺した声で叱りつけるように言う、「ミリアム！　パツィ！　そのままでいろ、動くんじゃない」

「失礼ですが」と〈ミスター・きみ〉が大声で言う、「お立ちにはならないんですか？」

「そう、立ったりなどせん！」

「ああ、あなた、お願いよ、口を慎んでちょうだいな」と〈ミセス・あなた〉が夫に囁くが、夫は声を落とさず言う、「きみ、きみが黙るんだ。ぼくは口を慎んだりしないぞ！　お見かけするところ、あなたはボルシェビキ式の鉄道システムに憧れている極左戦闘派のお一人のようですね。イギリスの鉄道システムを厳しく批判することにかけちゃ、わたしは人後に落ちないつもりです。国有化されたときには残念でしたし、支線を削減したときには悲しみましたし、政府がまた責任ある民間企業の手に委ねようとしたときには、どれほど時間がかかるのかと愕然としました。しかし、なるほど過去にぞっとするようなことはありましたが、それでもこの国の鉄道はアイルランドの提供する筋力とスコットランドの提供する技術とイングランドの提供する大胆な経済投資が結びつくことによって作られたのであり、その結果、かつては世界でぬきんでた蒸気機関車鉄道の帝国になった。それがあなたには何の意味も持たないのですか？」

「わしに向かって〈イギリス鉄道〉の話をするにゃ及ばん！」と老人が愛国心の横溢したノエル・カワードのつんざくような声を凌ぐ大声でわめく、「わしは一生を捧げて〈イギリス鉄道〉で働いたんだ。むかしのロンドン-ミッドランド-スコットランド鉄道の時代から、あん畜生のディーゼルが導入されるまでずっと釜たきをやっていた。あんたみたいな手合いが〈イギリス鉄道〉をだめにしちまったんだよ――どうしようもない会計士や弁護士や退役した海軍の提督さんたちが重役に収まってな――」

「馬鹿げた理屈です」と〈ミスター・きみ〉が叫び、「止めてよ、お父さん！」と老人の娘が叫ぶが、言葉となって流れ出る彼の怒りの洪水を止められるものはない。「――国有化になったとき、政府は『これで〈イギリス鉄道〉は国民のものになった』と言いおった。しかし、だれが重役に迎えられた？　保線員か？　機関手か？　駅長か？　そんなはずがあるものか！　前とおんなじろくでなし連中さ――株式の仲買人に陸軍中佐に気取った話し方をする役人といったな。そしてそうした連中が結局は、われわれを自動車会社や住宅金融会社や石油会社に売り飛ばしたんじゃないか！」

「そんなお話、聞く耳を持ちませんよ！」と〈ミスター・きみ〉が叫ぶ。

「聞いてもらっとるなんて思っちゃいなかったさ」と老人は言い、含み笑いをしながら再び新聞を手にする。音楽は終わっている。起立していた人たちが腰を下ろす。〈ミスター・きみ〉はこのままでは済まない、外へ出ろとでも言いたそうな顔つきをしている。再び気まずい沈黙が流れる。そのとき元教師が通路をはさんだパッツィの席に移り、老人にもの静かな口調で言う、「いまのちょっとしたやり取りを伺っていて、わたくし、大体あなたのご意見に賛成でしたわ、起立こそしましたけれど。あの曲、好きなんですよ。むかしの習慣ってなかなか消えないものですね。でも曲名は不正確でしたわね。わたしたちの鉄道は〈イギリス鉄道〉であって〈イングランド鉄道〉ではありませんもの」彼女が静かに自分の席に戻ると、パツィが「ママ、ママ、ママ！」と叫びながらやってくる。

パツィはひどく興奮している。そのすぐ後ろには背が高くて痩せた男。彼が少しばかり面白がっているような表情を浮かべながら言う、「ご乗車ありがとうございます。この小さいお客様はこちらのどなたかのお連れでしょうか?」

「パツィ」と母親が言う、「どこに行ってたの?」

「安全とは言えないほど機関車の近くまでふらふらとね」と見知らぬ男が言う。

「何て悪い子なの、パツィ。この優しいかたに、連れてきていただいたお礼を言いなさい」

「でもママ!」子供は興奮して座席でお尻を激しくゆすりながら言う、「この列車、だれも運転していないんだよ! 運転席は空っぽなんだ! 中を見たんだから!」

〈ミセス・あなた〉が小さく恐怖の喘ぎを上げる。母親が厳しい口調で言う、「パツィ、言っていいことと悪いことがあるのよ。先週アメリカでひどい鉄道事故があったばかりなんだから。すぐに謝りなさい」

「でもママ、本当にだれもいないんだ!」

「あなた、わたしとても心配だわ」と〈ミセス・あなた〉が夫に言うと、彼は「馬鹿なことを言うもんじゃないよ、きみ。この子は間違った方へ行って、うっかり車掌車にぶち当たったに決まっているさ」

見知らぬ男性によれば、パツィを機関車のそばで見つけたという話ではないかと元教師が指摘するが、「その子は機械の構造について何も知らないんだ!」と〈ミスター・きみ〉が断定的に言う、「現代ではまずだれ一人として機械のことなんか何も分からない。現代の列車は編成の真ん中にある目立たない車両によって動いていると聞かされても、わたしは一向に驚きませんね」

「わしだって驚かんぞ!」と老人が激しい調子で言う、「〈イギリス鉄道〉が運転手を全員馘《くび》にして、しかもそれについては知らぬ顔の半兵衛を決め込んでいたと聞かされてもな!」

女たちは恐怖のあまり呆然とし、〈ミスター・きみ〉は馬鹿にしたように鼻を鳴らし、見知らぬ男は笑いながら口を切ろうとするが、老人の勢いに負けて黙る。老人が弁じる、「蒸気機関車の時代には運転するものが必要だった、釜たきを入れると二人が、それも頑丈な男が必要だった。機関車のことが分かっていて、自分たちで機関車の掃除ができ、あらゆる弁とバルブを友達の手でもあるみたいにつかむ屈強な男たちさ。長靴の底を通して線路の傾きを感じとり、ピストンの動く音で圧力状態を聴き分けたもんだ。それがどうなった! いまどきじゃ、この列車という名で呼ばれている代物の運転手がブランデーのグラス片手にロンドンのクラブで寝そべって、わしらをコンピュータの画面で眺めながら、上流階級意識の染みついた学のありすぎる頭がまともに動かないくらい酔っ払っていると知らされたところで、当り前すぎてすこしも驚く気にならんよ!」

「あなたのおっしゃったことは間違いです。わたしはそれを証明できます」と見知らぬ男が言う。

一同は驚きの目を彼に向ける。

一見したところこの人物には何も変わったところはない。慎ましやかな微笑みは平均身長よりわずかばかり背の高いことを謝っているように見える。仕立てのいい紫がかった灰色のジャケットの大きなポケット、控えめな肩章も映画館の行列や将校クラブでなら少しも目立ちはしないだろうが、しかし彼は六人の物問いたげな視線を前にして、少しも緊張している風のない完璧な自信を窺わせる表情をくずさないので、二人の女性にはそれが大変よく効いて、彼女たちは安堵の溜息を漏らす。

「いったいあんたは何者なんだね?」と老人が尋ねると、元教師が言う、「運転手よ——声に聞き覚えがあるもの」

「その通りです！ ですからお分かりでしょう。わたしはロンドンのクラブで寝ているわけではありません。こうしてあなた方のところにいます。実際わたしはあなた方の仲間なんです。ちょっとお邪魔してよろしいでしょうか?」

運転手がポケットから小さなメタル・フレームを取りだし、広げると、カンバス地の付いたスツールになる。彼はそれを通路に置いて、一同に向かい合うように座る。顎が急角度に曲がった膝に載るような格好になるが、それが少しも滑稽には見えない。かれらの大部分は感心している。

「すっかり安全な気がするわ」と〈ミセス・あなた〉が呟き、「顔をしかめるのはお止めなさいな、お父さん。失礼よ」と母親が言い、そして〈ミスター・きみ〉が言う、「申し訳ない、わたしの時分の〈イギリス鉄道〉についてきついことを言ったことがあります……」(「もちろんおありでしょう」と運転手がにこやかに言う)「……ですが、この国の列車が世界一安全で、この国の運転手はどこにも負けないという点については疑ったこともありません——願わくば、労働組合がユートピアでかなえられるものを夢想して訳の分からないことを言うのを止めてくれたら、と思うだけです」

「ありがとう」と運転手が言う。

「列車の運転は近年、ずいぶん変わったようですね」と元教師が高い澄んだ声で言う。

「失礼ながら奥様」と運転手が言う、「わたしとしてはご存じないことがあれば何でも喜んでご説明いたしますが、その前にちょっと……その……」（突然彼は混乱し、きまりの悪そうな、ほとんど少年のような表情を浮かべる）「……つまりその、ジョン・ハリファックスと話のできる機会なんて毎日あることではありませんから」

「えっ！」と老人が言って、彼を驚きの目で見つめる。

「あなたがジョン・ハリファックスですよね、最後の蒸気機関車人の。一九三四年のロンドン＝ミッドランド＝スコットランド鉄道対ロンドン＝ノース・イースタン鉄道の大鉄道レースで、バンドロンからグレックまでを走ってまるまる三分間の差をつけた方でしょう」

「その話を知っとるのかね？」老人がまさかという顔をして小声で言う。

「鉄道仲間ではあなたは伝説の人ですから、ミスター・ハリファックス」

「でもわしがこの列車に乗っているとどうして分かったのかね？」

「ああ、そのことですか！」運転手はいたずらっぽく言う、「乗客の方に言ってはいけないことがいくつかあるんですが、でも保安措置なんて気にするものか、でいきましょう。切符売場の係員はみんなが考えているような何も知らない馬鹿者じゃないんです。わたしに情報を流してくれる。お孫さんの冒険をあなたを探す口実にして、それでここに来たというわけです」

「なるほど！」と老人は微笑みを浮かべ、納得したように頷きながら小声で言う。

「お怒りにならないで欲しいのですが、ちょっとひどく個人的な質問をぜひともおゆるしいただきたいんです」と運転手が言う、「最後の大鉄道レースのことなんですがね。覚えておられますか、〈悪魔の腎臓破り〉の急勾配を登るスピットファイアー・サンダーボールト号に火夫として乗り込んでせっせと釜をたき、おかげであなたでなければ負けたレースに勝ったことを?」

「ああ、覚えておるとも!」

「あなたはその英雄的な猛突進のさいに、自分を消耗し、痛めつけ、エネルギーと知性の最後の一滴までふりしぼったわけですが、それは単に昔のロンドン‐ミッドランド‐スコットランド鉄道を宣伝するためだったのですか?」

「いや、そうじゃなかった」

「それならどうして? お金のためでなかったことは知っています」

「わしがそれをやったのは蒸気機関車のためだった」と一息置いてから老人が言う、「イギリスの蒸気機関車のためだった」

「分かっていましたよ、そうお答えになるだろうとね!」と嬉しそうに運転手が叫ぶ。そして〈ミスター・きみ〉が言う、「失礼、ひとこと口をはさませてください。ミスター・ハリファックスとわたしは言ってみれば反対の足でボールを蹴っているんです。彼が左でわたしが右。いままで気づきませんでしたが、わたしたちは同じ身体を形作る不可欠の部分なんですね。キャプテン・ロジャースのおかげでわたしは初めてそれを悟りましたよ。ミスター・ハリファックス、わたしはごますり人間ではありません。手を差し出すのは、ひたすら男としてのあなたに対する敬意を表わしたいからです。少しも謝罪するつもりはありません。でも……わたしは……手を。あなたは……?」

横向きに身体を倒して彼は通路の反対側に手を伸ばす。

「引っ込めないでくれ！」と老蒸気機関車人は言い、二人は心のこもった握手をする。突然男たち三人は嬉しげにこもった笑い声を上げ、母親と〈ミセス・あなた〉は幸せそうな笑みを浮かべ、パッツィが激しく身体をばたつかせる。しかし手に負えないクラスをおとなしくさせるのに慣れた声で元教師が、「キャプテン・ロジャースはそろそろ、どうして機関車のところにいないのかを説明してくれるんでしょうね」と言う。

乗客たちは目を見開いて運転手を見つめる。運転手は肩をすくめ、両手を広げて言う、「奥さん、残念ながら機関車を英雄のように運転する時代は、蒸気機関車とともに終わったのです。現代の機関車は（われわれはいまでは牽引ユニットと呼んでいますが）、わたしがときどき見てやりさえすればいいんです。この列車のスピードと位置は、現在も、ストーク-オン-トレントの本部指令室でモニターされています。安全無比のシステムですよ。ヨーロッパ中どこでも使っています。それからアメリカもね」

「でもアメリカじゃ先週、恐ろしい事故があったのでは……」

「おっしゃる通りです、奥さん。デトロイトの中央データ・バンクに欠陥がありましてね。こちらのヨーロッパのシステムはアメリカ以上にはるかに中央管轄が徹底しています。しかしそのイギリス分局はここでそんな事故が起きるのを防げるだけの自律性を十分持っています。ですから、わたしはロンドンのクラブでブランデーを飲んでいるわけではありませんが（アルコールには手も触れないんです――医者から止められていましてね）、伝説上のジョン・ハリファックスの同類というよりも、ピカデリーあたりを上流夫人を物色してとびまわっているろくでなしのように見えるわけです。わたしの主たる任務はビュッフェの品物の価格を抑えることと、乗客同士のいざこざを止めることなんです。いつもそれがうまくやれる訳ではありませんが」

「とてもお上手になさっていると思いますわ」と〈ミセス・あなた〉が熱を込めて言う。

「いやあ、その通り、その通り」と彼女の夫が言う。

「乗客の扱いがお上手なのはたしかですわね——」と元教師が言い、そして「あんたのことを最初わしは馬鹿だと思っとったが、それは間違いだった。いやまったく、あんたは馬鹿ではない」と老人が言葉を継ぐ。

「ありがとう、ジョン」運転手が謝意を込めて言う、「ここにいらっしゃる他のみなさんにも十分敬意を表しますが、わたしにとって重要なのはあなたのご意見なんです」

チャイムが鳴り、落ち着いた親しみを込めた声が響く、「ご乗車ありがとうございます。列車は順調に運行中です。こちら運転手のキャプテン・ロジャースです。特別の連絡が入っておりますので、キャプテン・ロジャースは牽引ユニットに戻ってください。よろしく」

「言うまでもなく、あらかじめ録音されておるわけだな」と老人がいかにも分かっているぞという調子で言う。

「その通りです」運転手は立ち上がってスツールをポケットにしまいながら言う、「牽引ユニットにだれもいないときに本部指令室から連絡が入ると、文字出力情報指示テープがあの放送を作動させ、そして——仕事です！　申し訳ありませんが運転席に戻らなければなりません。おそらくくだらない株式市場情報が送られてきて、また紅茶の値段を上げなくてはならないということなのでしょう。そうじゃないことを祈りますがね。さようなら、ジョン」

「それじゃ、ええっと……?」

「フェリックスです。みなさん、さようなら」


その場にいたものほとんどすべてをくつろいで打ち解けた気分にさせて彼は去る。

「なんていい人かしら!」と〈ミセス・あなた〉が言い、母親がそれに同意する。〈ミスター・きみ〉が高らかに宣言する、「彼はいろいろなことを知っている——それにいろいろなことを教えてくれる」

元教師が言う、「でもあの人がわたくしたちの前で明らかにしてくれた運転状況を知ってみると、そんなに安心できないわ。だれもこの列車を運転していないんですよ」

「なにを馬鹿なことをおっしゃるんです」と〈ミスター・きみ〉が大声で言う、「この列車は、何というか、ありとあらゆるものによって動いているんです——データバンクとかコンピュータとかシリコン・チップとか。そうしたものがみんなストックトン-オン-ティーズの本部指令室でせっせと音をたてて動いているんですよ」

「ストーク-オン-トレントだわ」と〈ミセス・あなた〉が呟く。

「黙りなさいよ、きみ。どの町かは問題じゃないんだ」

「いずれにしろ」元教師が言う、「わたくしたちといっしょにこの列車に載っていない機械に運転されているということに、わたくしは不安を感じます。あなたは感じませんか、ミスター・ハリファックス？」

老蒸気機関車人はしばし考えた後で、ためらいがちに言う、「あの運転手に会っていなければ、わしも不安を感じたかもしらん。しかし彼は教育のある人間だ。危険が生じれば事態をそんな軽率には扱うまい。そうじゃないだろうか？」

「奥さん」〈ミスター・きみ〉が言う、「実際わたしたちはストーク-ニューイントンの機械で運転されていた方がはるかに安全というものですよ。銃をもった凶悪犯だって機械を脅迫して列車を止めることなどできないし、この列車を待避線に引き込んで、テロリストたちがわたしたちの命と引き替えに政府と取り引きすることもできませんからね」

一同はしばらく黙って座っている。それから元教師がきっぱりと言う、「お二人のおっしゃる通りだわ。わたくしとってても馬鹿でしたわね」

それからチャイムが鳴り、いつもの心地よい声が響く。

「こちら運転手のキャプテン・ロジャースです。現在列車はウォッシュ湾の北を時速二百六十一キロメートルで走行中。〈最新皮膚感覚〉換気システムが車内の空気を正確に人間の肌の温度に保っています。そしてまことに申し訳ありませんが、到着予定時刻に遅れが出そうです。中央データ・バンクのミスにより、バンドロン発シャグロー行きの一九九九〈水瓶座〉号がシャグロー発バンドロン行きの一九九九〈水瓶座〉号と同じ軌道を走っているという事態が生じました。衝突はかっきり八分十三秒後に予定されておりますⅢ……」（だれも自分が発していることに気づかない短い叫び声が上がる）「……場所はバグチェスターの南八・五キロメートルの地点。しかしパニックに陥る必要はまったくありません。ストーク‐ポージーズのわれわれの技術者たちがマスター・コンピュータのプログラムを変更するため時間外勤務を行っており、現実に衝突を回避できるでしょう。その間こちらとしては時間に十分余裕がありますので以下の緊急安全予防措置を取っていただきます。よくお聞きください。それぞれの座席の肘かけの下に金属性の小さな突起が見つかると思いますが、それが皆様の安全ベルトの先端です。それを引き出し、身体にまわして固定してください。必要な手順はそれだけです。防火システムは完璧に作動しており、衝撃が与えられる少し前には、スチールのシャッターが窓を覆って飛び散ったガラスによる怪我を防ぎます。現在テレビの取材班と救急車がイングランド中から衝突地点に急行中であり、また本当の貧窮者に対しては〈イギリス鉄道〉が救急車の費用を負担することを約束しております。わたし個人としてこの好ましからざる状況をどれほど遺憾に思っているか申し上げるまでもありませんが、しかしここはひとつ一致団結して、ダンケルクの根性というか特攻隊精神を思い起こしていただきたい……」（老蒸気機関車人がうなり声を上げる）「……緊迫した状況下にあっても精神の平静を保てるということでイギリス人は世界に名を馳せてきました。牽引ユニット近くの乗客の方は列車の後部へ移動なさろうとすることを禁じます。この音は……」（突然、シュー、バタンという音が聞こえる）「……車両間のドアが、乗客の皆様の混乱した移動を防止するため、封印される音です。しかしパニックに陥る必要はありません。正確に言って、そうです……七分三秒後まで、衝突の生じる予定はありません。時間がありますので、わたしはこれからマスターキーを使って皆様のお席に伺い、緊急安全予防措置がきちんと取られているかを確認いたします。それでは、さようならではなくて、またのちほど。ベルトを固定することをお忘れなく！」

かちりという音がして彼の声が聞こえなくなる。そして代わりに、勇気を鼓舞するような派手な軍隊調の音楽が流れてくる。しかしその音は普通の会話が聞こえないほど大きなものではない。

「ああ、どうしたらいいの、お父さん？」と母親が尋ねるが、老蒸気機関車人は「しっかり子供の面倒を見ていろ」とぶっきらぼうに言うだけ。

肘掛けの下の金属の突起は、引っぱると伸縮性のある金属ベルトになり、その両端には固定するためのバックルがついている。

「縛られるのはいやだ！」とパッツィがすねた声を出す。

「飛行機に乗ってるって思いましょうね、いい子だから」母親がベルトを固定しながら言う、「ほら、おじいちゃんがやっているわ！　みんなそうするのよ！　こうすれば……」母親の声はヒステリーを起こすまいと懸命になっている人間の声のようにかすれている、「……みんなお家にいるのと同じくらい安全よ！」

「あなた、わたし……わたし、こわいわ」と〈ミセス・あなた〉が言う。

夫がやさしく言う、「ひどいことになったね、きみ。でもきっと何とか無事に切り抜けられるさ」

それから彼は元教師の方を向いて静かな口調で言う、「奥さん、おわびしなければいけません。この鉄道システムは、わが国のものとしてわたしが想定していた最低限の能力もなく、呆れるほど馬鹿げていて……つまりどこからどこまでどうしようもない代物です」

「何度言っても言い足りないわい！」と老蒸気機関車人がうめくように言う。

「この列車から降りたい」と子供がむずがるように言い、しばらく一同は静かに疾走する車輪の音に耳を傾ける。


不意に元教師が叫ぶ、「その子の言うとおりだわ！　わたくしたち、この列車の速度を落として、飛び降りるべきよ！」

彼女はベルトの固定装置をいじくりながら言う、「この列車の速度が無線電波か何かでコントロールされているのは承知していますよ。でも、モーターは――車輪を動かしているものは――わたしくたちのすぐ近く、牽引ユニットにあるんでしょう、だからわたくしが……」

「そうだ、やってみる価値はあるぞ！」元釜たきが声を上げ、ベルトをいじくる、「あの機関車のところまで行かせてくれたら。こいつを外すことが……。畜生め、このベルトのロックはどうしても外れないぞ！」

「わたしのもだめです」と〈ミスター・きみ〉が奇妙な声で言う。元教師が打ちひしがれたように言う、「これがあの人たちのいう保安措置なのね」しかし老蒸気機関車人はおとなしく座っていようとはしない。両肘を椅子の背に強く押しつけ、堂々たる巨体を力いっぱい前に出そうとする。くいしばった歯の間から、「ぜったいに――糞ったれどもに――好きなようには――させないぞ！」という言葉を漏らしながら。

ベルトは切れないが、椅子の背の中の何かが引きちぎれる音とともに、突然一センチ、また一センチと動く。

そのときどこかのドアがシューと開き、運転手がかれらのところにやってきて尋ねる、「何か問題でもありますか？」

「急ぐんだ、フェリックス！」老蒸気機関車人が、一瞬力を抜いて言う、「わしをこの席から出して、あんたの運転席へ連れて行ってくれ。ちょっとモーターに触りたいんだ。何か重いものがあれば細工できると思うんだが。もし何人かでも助かるというのなら、わしの身体を突っ込んだっていい！」

「もう手遅れです、英雄的な行動をとるわけにはいきませんよ、ジョン！」運転手は宣告する、「あなたがそのような気紛れなやり方で会社の財産に損傷を与えるのを、わたしとしては断じて許すわけにはいかないんです」

彼の声は冷たく澄んでいる。腰には銃のホルスターの付いたベルトが巻いてあり、彼の手はそこに当てられている。くつろいで立っているが、その身体の線は軍事訓練の結果であることを雄弁に物語っている。老人が言う、「あんたは……頭が……へんだ！」そしてベルトを切ろうと身体をもう一度思い切り前に振り出すが、運転手が言う、「だめです、ジョン・ハリファックス！　あなたこそ頭がへんです。そしてわたしはそれをこうやって証明できます」

彼は銃を抜き、発射する。バンではなく、ブスッという鈍い音。元釜たきは前方に倒れるが、ベルトが巻いてあるので椅子からは落ちない。〈ミセス・あなた〉が助けてと金切声を上げ始めるので、彼は彼女にも銃を発射する。空気中に鼻を刺すぼやけた煙が漂うが、残された者たちはすっかり肝をつぶして、咳もできない。一様に運転手を驚きの目で見つめ、それが明らかに彼を動揺させる。なぜなら彼は銃を左右に振りながら、苛立たしげにこう言うのだ、「わたし、殺してなんかいませんよ！これは、北アイルランドの非戦闘員用に開発された知覚麻痺ガスを発射するピストルなんですから。他に吸いたい方はいませんか？　感情のストレスを味わわないですみますよ。しばしの忘却の時間。それで運がよければ、居心地のよい、混みあった病院の病室でお目覚めということに」

「結構ね、ご遠慮するわ！」元教師が冷たく言う、「わたくしたちこの目をはっきり開けて死と直面する方を選びます。それがどんなに無駄で無用なことでもね」

チャイムが鳴り、馴染みの声が、こちらキャプテン・ロジャースだが、衝撃まで三分半残っており、キャプテン・ロジャースはこれから直ちに車掌室に移動する、と告げる。それからいまよりも優しい、申し訳なさそうな以前の調子を少し加味して、さようなら、と言い、だれかが大事故をかいくぐって生き延びて、正式の調査の折に報告をしなければならないので、自分は乗客のみなさんのもとを離れなければならないのだ、と説明する。母親が「お願いですから、パツィのロックを外して、この子をいっしょに連れていってください、まだほんの子供なんです……」と嘆願するが、パツィは「いやだよ、ママ、ママといっしょにいる。この人、すっごく、すっごく悪い人だもん！」と叫ぶので、運転手は早口に「みなさん、さようなら」と言って、去る。

ドアが彼の背中でぱちんと閉まると、母親が優しい、心のこもった、震える声で「あなた、ヘエホバはわが牧者なり〉知っているでしょう、パツィ。いっしょに唱えましょうね」と言い、二人して小声で呟く、「エホバはわが牧者なり　われ乏しきことあらじ　エホバは我を緑の野にふさせ　いこいの水濱にともないたもう……」

金属の薄板のガランという音がしたと思うと、シャッターが下りて窓が真っ黒になる。

「まっくらだ、何も見えない」〈ミスター・きみ〉が言う、「われわれに光も与えないのか」

彼は妻の身体をきつく抱きかかえ、彼女の意識のない頭が彼の肩に載っている。その重さに彼はいくばくかの慰めを見い出す。

「たいして慰めにはならないのは分かっているけれど」元教師の声が言う、「軍隊の曲がもう聞こえなくなったのは嬉しいわ」

暗闇の中では列車の車輪の律動的な振動音がいっそうよく響いてくる。母親と子供はそれに負けまいと声を高めて祈りを上げる。しかし、車輪の音がかき消されるほど大きくはない。二人は祈りの最後に到達する。再び最初から祈りを始め、一番最後まで朗誦を繰り返す。

「覚えていらっしゃるかしら」突然、元教師が言う、「どの車両にも非常時に通報できるコードがあって、乗客は誰でもそれを引いて列車を止めることができたときのこと?」

「そうでした!」〈ミスター・きみ〉がうめき声とも忍び笑いともつかない声で言う、「不正使用は罰金五ポンド、でしたね」

「むかしは、小さな男の子だったらだれかれなく大人になったら列車の運転手になりたがったものだったわ」元教師が溜息まじりに言う、「そして田舎の町では、日曜の夜ともなれば、学校の校長や銀行の支店長や地元の牧師さんなんかと同じテーブルで駅長がトランプゲームをやっていた。ベトック駅のプラットホームのまばゆい春の朝のこと、よく覚えているわ。赤帽が車掌車から小枝を編んだ籠を受け取ると、それを開けて伝書鳩を一斉に飛び立たせたの。それから、窓枠にゼラニウムの鉢が並んだ信号扱所のこともよく覚えているわ」

〈ミスター・きみ〉が溜息をついて言う、「わたしたち、かつては人間的な鉄道を持っていたんですね。どうして変わってしまったんだろう?」

「蒸気に見切りをつけたからですよ!」元教師が断固たる調子で言う、「むかしは石炭が燃料になっていた、わたくし自身のイギリスの石炭がね。これから何世紀だってもったはずなのに。それがいまでは、外国の会社で作られた危険で有毒なものに頼ることになって。そうした会社の本拠地はと言えばアメリカだったり、アラブだったり……」

「違いますよ」〈ミスター・きみ〉が言う、「そんな会社はどこにも本拠地なんてないんです。わたし、少し株を持っていますがね。そのような会社を経営している連中はアムステルダムや香港にオフィスを持ち、銀行口座はスイス、家は世界各地に持っていたりするんですよ」

「そういうわけでわたくしたち、外から運転されているのね」元教師が興奮してきた声で叫ぶ、「いまではわたしたちのだれ一人として、わたしくたちの生活についての責任を取っていないんだわ」

「何人か、責任を取っているふりをする人たちはいますけれどね」

近づいてくる列車の悲鳴のような汽笛が遠くからかれらの耳に届く。その音がとても大きくなり、元教師は負けずに声を張り上げなければならない、「でも実際にはだれも責任を取らないんだわ！だれ一人責任を取らない……」

彼女は爆発に備えて気持ちをしっかり持とうと努力していたが、その音は聞こえない。それとも聞いてすぐに忘れるのか。列車がもはや動いていない。彼女を包む暗闇がひどく暖かくて気持ちがいいので、彼女は自分が家のベッドにいるのだと夢想する。子供の眠そうな声が「ママ……ママ……」と呼びかけるのを耳にして、彼女にはそれが自分の声だと思える。母親の声が訝しげな調子を込めて答える、「きっと――パツィ――わたしたち無事助かるわ」

一瞬の後、元教師はその列車のほかの乗客と同様に、本当に大きな最後の爆発が始まったのを聞く。

しかしその終わりは聞かない。

ミスター・ミークル――エピローグ

五歳になったときわたしは、それまで会ったこともなく、またわたしのことを聞いたこともない人たちによって作られ、整えられた部屋に閉じ込められた。わたしは四十人近い見知らぬ子供の群れのなかで、一日六時間、一週間に五日、何年もこの部屋に留まった。はるかに身体の大きな、はるかに年上の見知らぬ人に命ぜられるがままに。その人物は他の子供に対してと同様、わたしにも何の関心も示さなかった。さいわいこの牢獄には鉛筆がたっぷり備えられており、われらが看守（女性だった）はわたしたちにそれを使わせたがった。ある日、彼女はわたしたちに詩の題材としてどんなものがふさわしいと思えるか、と質問した。それについて意見のある四、五人のもの（わたしもその一人だった）がいくつか提案をし、彼女はそれを黒板に書きだした。

妖精
キノコ
草
松葉
ちっちゃな石

わたしたちは小さなものが詩的であると考えた。なぜなら、わたしたちの教科書に出てくる詩はたいてい、そうした小さな、格別これといって害を及ぼさないものを描いていたから。先生はそこでクラスの全員に、板書したものの一つかそれ以上を使って、各自詩を書いてみよう、と言った。いとも簡単に、ほとんど頭を使いもせず、わたしは以下の詩を書いた。

妖精がキノコの上
草をよって
松葉と縫合せる
時間つぶしに。

じきに草はしなび
松葉は折れる、
ちっちゃな石に座った妖精は
半日泣き暮らす。

先生はこの詩をクラスの前で朗読し、わたしがリストに上がった全項目を使っただけでなく、リストの上がった順に使っていると指摘した。それまで詩を書くときには、自分がいかに素材をたくみに料理するかに熱中していたものだが、いまや自分が並外れて才能豊かな興味深い存在に感じられた。多くの人間は次第次第にもの書きになる。ところが、わたしからは一瞬にして、もの書き以外のものになるための努力は捨てられたオーバーコートのように、あっさりと落ちてなくなった。詩を書くことを一度も放棄してはいないが、散文を書くことにもっと多くの時間を費やすようになった――わたしが関心を持ったのは小さくて無害なものより、先史時代の怪物とかローマの闘技場とか火山とか残酷な女王とか他の惑星の生命。こうしたものすべてが出会い、しかもわたし、グラスゴー生まれの少年によって支配されるような小説を書こう、とわたしは考えた。それを書いて出版したいと思ったのは十二歳のとき。しかしそれは不首尾に終わった。出だしの文章をいくつか書くたびに、いつもそれが子供の手になるものであることが自分で分かってしまうのだ。何とか最後まで書き通せたのは、先生によって与えられたテーマによる小作文だけだった。彼女はわたしの望んだ世界中にまたがる聴衆ではなかったが、それでも一人もいないよりはましだった。

十二歳のときに、わたしはホワイトヒル中等学校に入学した。飾り気のない十九世紀後半に建てられた建物で、周囲のアパートと同じくらいの高さで同じような赤い砂岩でできていたが、それとは違って威嚇するような気配を色濃く漂わせていた。運動場は壁とフェンスで囲まれていてまるで監獄の体操場さながら。窓は巨大ではあったが不釣り合いなほど幅が狭く、その下枠はわたしたちが席についたときに頭のはるか上に来るよう、意識的に設計されていた。そこで勉強することの半分は、わたしの目にはその建物同様に陰鬱なものとして映った。一人の先生の代わりに一週間に八人、しばしば一日に六人もの先生が来る。そしてかれらの半数はわたしを馬鹿者として扱わねばならなかった。複利計算、サイン、コサイン、ラテン語の語形変化、元素の周期律表などはわたしの頭にとって、口に入ったおがくず同然の味がした。それらを皿に盛って供する人たちはわたしがその料理を飲み込むことを期待しているのだが、わたしの方はほとんど肉体的な本能として吐き出そうとするのだ。わたしは飲み込みも吐き出しもしなかった。わたしの身体は見せかけとして従順な偽善的行為を示しながら、精神は想像世界のドアを開けて向こう側へ逃げて行くのだ。この点でわたしは多くの生徒、ひょっとすると大部分の生徒、と大差なかった。わたしたちはまず例外なく、人気冒険シリーズものが掲載されている雑誌を教科書の下に隠し持っていて、機会さえあれば『ローヴァー』とか『ホットスパー』とか『ウィザード』とか、或いは極彩色のアメリカの漫画雑誌に没頭するのだった。当時イギリスに入ってきたばかりのアメリカの雑誌は、絵に比べて活字の割合が驚くほど少なかった。唯一の問題は、虚構世界へのわたしの惑溺ぶりが度外れていて、他のことをあまり楽しめないために、ほとんどマニアックの域にまで達していたことだった。おどおど怖がってばかりいて、とてもサッカーを楽しんだり、女の子と交わることなどできなかった。だが実は、女性と勇敢な行動こそ、自分で一番欲していたものであったのだ。詩や劇や小説にはしばしばそうしたものが描かれていたので、わたしは英語の先生から課題として押し付けられる文学作品も容易に飲み込むことができた。もっともチョーサー、シェイクスピア、ジェイン・オースティン、ウォルター・スコットといった作家たちは、『ローヴァー』その他と比べると消化するのははるかに容易ではなかったけれども。

ミスター・ミークルはわたしの英語の先生であり、校内雑誌の責任者であった。彼と会ったとき、わたしは十三歳。彼はわたしにとって最初の編集者であり出版者となった。しかもそれから一年か二年して、その雑誌の文学美術欄の担当を任せることによって、わたしに自分で編集、出版する能力を身につけさせてくれたのである。彼が忠告や指示を与えてくれたときが何度かあったに違いないのだが、いつも実に巧妙になされるので、具体的に思い出せるものは何もない——それくらい、わたしは自由と機会を与えられたということしか感じていなかった。静かな礼儀正しさ、共感の深さ、知識の豊かさ、それらが彼についてわたしの思い出す主なものである。芝居がかったところもなかったわけではないが、それがとても目立たないかたちを採っていたので、それと気づくものはほとんどなかった。ただおそらくそのおかげで、慎ましさを弱さと勘違いしがちなものたちにも、彼は上手に対処できたのだろう。以下、彼のことをもう少し正確に描写するように努めてみよう。

背が高く痩せた身体の上に載った皺の刻まれた三角形の顔、黒い学者用のガウン、うっすら生えた黒い口髭、黒い眉毛と赤みがかったつやのある髪が相まって、嫌味のないローマ神話のサトゥルヌスのような風貌を彼に与えていた。オールバックに入念に撫でつけられた髪によって、額の両側の角のような形をした禿げ上がった部分が強調されるのでなおさらだった。クラスみんなが静かに作文にいそしんでいる間、彼はいつも背の高い狭い机で宿題の採点をするのだった。そうしていると、ときどき彼の眉毛の一方が釣り上がって、ものすごい急カーブを描く疑問符のような形になり、それから再び平らな状態に戻ると、今度はもう一方が釣り上がるのである。これは、彼が目の前のノートに書かれた何かとんでもないものを読まされたのだが、いまその書き手の気持ちを理解しようとしているということを暗示していた。こうしたさりげないところに現われる大げさな仕草は、それを見ていたクラスの人間のあいだに必ずいささかなりとも楽しげなざわめきを惹き起こすのだったが、彼がそれに気づいている風はなかった。わたしは自分の眉毛も左右別々に動かないものかと思って、一方を手で押さえつけ、もう一方を激しく動かそうとしてみたことも何度かあったが、うまくいった試しがなかった。教室の外ではミスター・ミークルは海泡石のパイプを喫っていた。彼はまた学校の聖歌隊の一つを指揮していて、それがグラスゴーの音楽祭に出場しもした。彼の目立たない芝居気は自分中心癖とはまったく無縁だった。わたしたちの机の間を行ったり来たりしながら文学の話をするときも、彼は自分自身のことより、シェイクスピアの言葉に、そしてミルトンがそこから何を学び、ドライデンがミルトンから何を学び、ポープがドライデンから何を学んだかという方に、ずっと大きな関心を寄せていた。

だれもがミスター・ミークルの教え方を気に入っていたわけではない。彼がシェイクスピアやポープの言ったことについてクラスの議論を盛り上げることはなかった。そうしたことについてわたしたちが質問すると、ただそれに答え、別の読み方を説明し、自分はどの読み方が好きかを言い、話を続けるのだ。論文ででも繰り返せば、この学生は平均以上の理解力が備わっていると採点官に思わせるような気の利いた言い回しを、わたしたちに書き取らせることもなかった。彼は英語のノートにわたしたちの好きなことを書かせた。こうした教育の仕方を、わたしが周期律表に感じたのと同じように、退屈だと思うものもいないわけではなかった。しかしわたしにはなぜかそれがぴったりしたのだ。彼が学識とユーモアを込めてイギリス文学についての系統だった解説をしている間、わたしは地元の映画館や両親の書棚や地元の図書館で発見したさまざまな絵空事を思い出してはいたずら書きをして、ノートを何冊も使うのだった。ミスター・ミークルを無視していたわけではない。ウォルト・ディズニーやターザンやハンス・アンデルセンやエドガー・アラン・ポーやルイス・キャロルやH・G・ウェルズの世界に通じるドアや廊下をスケッチしながら、『ハムレット』や『失楽園』や『髪の毛強奪』や『リトル・ドリット』の作者たち、シェイクスピアやミルトンやポープやディケンズがいかにして、わたしの夢中になっている絵空事と同じくらい気味の悪い世界を創りだしたかを聞くのは楽しかった。わたしは相変わらず、他の作品に認められる価値をすべて含む本を書きたいと計画していたが、そうした他の作品の一つがグラスゴーという都会になりつつあった。家族や友人や理解することのできない女の子たちのことを、小説の作中人物のだれにも劣らず興味深く思うようになっていたのだ。ほとんど劣らずと言うべきかもしれないが、しかし、それをどうしたら表現できるのか？　ジョイスの『若き日の芸術家の肖像』はある方向を示してはいたが、十七歳になる前の人間にそのような本が書けるとも思えなかった。そんなことを考えているわたしの関心がすっかりミスター・ミークルの声に惹きつけられることが度々あった。シェイクスピアの『ジュリアス・シーザー』でマーク・アントニーがいかにレトリックを駆使して群衆の心を変えたかを、説明してみせてくれたときの記憶はとくに鮮明である。

ミスター・ミークルとの個人的な話はクラスの前で行ったが、クラスの人間の耳には届かなかった。彼の机のわきに立つと、わたしの頭が机に身体を凭せている彼の頭とちょうど同じ高さになるので、静かに話をすることができたのだ。覚えているのは、自分はもの書きになろうという野心を持っているということを語った後で、彼から習うことや音楽には有益な助言を見い出しているが、その他の授業は苦痛に満ちた障害以外の何物でもなく、わたしにとってもわたしを教える先生たちにとっても屈辱を感じずにはいられない時間の無駄だと述べたときのこと。ミスター・ミークルの言うのには、スコットランドの教育は十八歳になる前に専門家を養成するように設計されてはいない。科学や工学の学生はスコットランドの大学に入学する前に英語の基礎知識を身に付けていなければならず、人文芸術関係の学生は数学の基礎を学んでおく必要があり、両方ともラテン語を知っていなければならない――これは賢明なことだと思うと彼は言う。ラテン語は、ユダヤ人の宗教的な書物と懐疑論者のギリシャ人の科学や芸術を結びつけることによって、ヨーロッパ文化を作り上げた人々の言語なのだ。どのヨーロッパの言語を使うにしても偉大な作家たちは例外なくローマの文学から霊感を得てきた――例えばシェイクスピアはラテン語をほんの少ししか知らなかったが、彼の作品は彼がその少ない知識を十二分に使ったことを示している。さらにまた、数学も一つの言語なのであり、われわれの科学や産業を生み出した精神的および物理的な出来事についての正確な記述方法なのだ。現代世界を理解したいと願う作家なら、だれも数学を無視すべきではない。こうした彼の説明に対してわたしは、ラテン語や数学は、われわれが偉大なことを発見したり言ったりする媒介となる他の言語のように教えられているのではなく、試験を通る手段として教えられている――それがラテン語と数学に対して親も生徒も教師の大部分も共通して持っている見方ではないか、と言った。わたしがラテン語や数学のドリルのつまらなさに文句をつけると、だれ一人そこに見い出しうるかもしれない楽しみを説明してくれるのではなく、異口同音に「大学を卒業して安定した仕事につけば、そうしたものはみんな忘れられる」と答えるだけではないか、と。ミスター・ミークルは目の前で頭を垂れているクラスの連中を考えこんだように見渡した。一瞬の間があってから彼の言ったのは、君には人生でやりたいと思うことをやって幸せになって欲しいと思っているが、多くの人たちは教育が終わると、それぞれ人間としてほとんど満足を感じないけれども、きちんとやらねばならない仕事——それはひたすらかれらの雇い主がそうすることを必要とし、われわれの社会がそれに依存しているからだが——をすることで日々の糧を稼いでいるのだ、ということだった。そのときの彼の口調にこもった諦めと慨嘆の念を完全に理解するようになったのは、それから八年か九年後のこと、わたし自身が日々の糧を、しばらくの間だが教師をやって、稼ぐようになってからのことだった。

ミスター・ミークルとのこの議論はわたしの心に強く刻み込まれ、またわたしを当惑させもした。教育——学校教育——は、わたしの両親からは敬意を、スコットランドの口やかましい知識人たちからは称賛を引き出していたが、その理由は、それが自由と独立とより有意義で満足のできる生活とを獲得するひとつの道であるからだった。それがまたわたし自身の考えでもあったので、奴隷作業のように感じられる一部の授業は、組織がもっとまともなものなら一掃される不慮の災難だと思っていた。奴隷作業と感じられる部分がさらなる隷属への意識的な準備であること、つまり、われわれの受けている学校教育が何人かを解放すると同時に残りのものをその何人かの道具にするように仕立てているということは、それまで考えたこともなかったのだ。わたしがついに書き上げた本は、少しわたしに似た人物がそのような世界のなかで経験する冒険を描いたものであり、自伝ではないけれども（その主人公は発狂し、二十二歳で自殺する）、わたしが知っていた人々の肖像を含んでいて、ミスター・

ミークルもそのなかの一人だった。彼の登場する箇所を執筆しているときに、いくつか偽名を考えもした。（ストラング？　クレイグ？　マッガーク？　マクルホース？　ディンウィディ？）しかしふさわしい名前はミークルしかなかったので、彼には結局その名を使った。その本が出版されたときわたしは四十五歳で、彼がまだ存命かどうか分からなかったが、もし彼が読んでくれたら面白がるだろうし、ひょっとしたら喜んでくれるかもしれないと思った。

そして彼は存命だった。彼はそれを読み、喜んでくれた。セント・ヴィンセント通りのジョン・スミス書店でサイン会をやったときに彼がやってきて、そう言ったのだ。彼と再会できたのはすばらしかった。わたしの本の一登場人物になりながら元のとおり現実の人間だった。言うまでもなく髪は白くなり、だいぶ禿げ上がってはいたが、わたしの頭も白髪になり禿げてきていたのだ。ホワイトヒルで最初に会ったとき、彼はかなり若かった、いまのわたしよりずっと若かったのだと悟った。

三年前のこと、ミスター・ミークルから、関節炎になって家を出られず、最新刊のわたしの本のサイン会には行けないとの通知をもらった。本屋にはすでに注文してあるので、サインをしてもらえると有難い、その上で受け取りに行くミセス・ミークル（彼女はまだ健康だった）に渡るよう手配するか、わたしが直接届けるかのどちらかをお願いしたい、とのことだった。わたしは電話をして、サイン会の直後から一ヵ月ほど当地を離れるのでお届けするとはできないが、ミセス・ミークルに渡るよう本を手配し、また戻ったらすぐに電話をしてお訪ねしたい旨を述べた。彼は楽しみにしていると言った。

わたしは出かけ、一年前に出版社と約束した本を書き上げようと努力した。本を書き終えることはできなかった。一ヵ月後に戻った。そしてミスター・ミークルに電話をしなかった。わたしが約束を反故にし、罪意識を感じ、忘れたいと思う多くの人たちのなかに、彼も仲間入りをしたのだ。忘れることができないときには、ベッドに横になると、完成すべき作品のこと、返済すべき借金のこと、書かなくてはいけない手紙のこと、しなければならない電話や訪問のことを思い出すのだ。入れ歯の修理もしなければならない。部屋を片付け、共用の階段の踊り場に面した窓も磨かねばならない。そうしたことがどれも緊急の用件のように思えてきて、優先順位をつけようと苦労しているうちに眠りに就くこともしばしばだった。わたしに可能な行動は、目の前に迫る災厄を飛び退いてかわすことだけのように思われた。そしてミスター・ミークルは迫り来る災厄ではなかった。

突然、電話もせずに彼を直接訪ねよう、とわたしは決心した。それしか道はなさそうだった。すでに日は沈み、街灯がともっていたが、彼はまだきっと床に就いてはいないと思った。だから年の終わり近くか始まり近くのことだったに違いない。彼の住居のある奥まった階段通路はいつになく混雑していた。垢抜けした女性がクリップボードを抱えて向こうから下りてくる。駆け上がろうとする顎髭を生やした男がわたしを壁に押しつけた。その男は肩に望遠鏡をいれたフェルトの靴下のようなものをかついでいる。気がつくと、階段に電気のケーブルが何本も走り、踊り場には照明器具といっしょに使われる金属製の三脚が置いてある。別にわたしは驚きはしなかった。グラスゴーでも他の都市に劣らず映画の撮影はありふれたことなのだ。もっともそれがミスター・ミークルに関係するとは思わなかった。ところがそうだったのだ。彼の家の玄関が開けられ、ケーブルが何本も家の中に引き込まれていた。入口は録音や撮影をする人でごったがえし、かれらは何かを待っていた。奥の方を覗くとミセス・ミークルとおぼしい女性がコーヒーをお盆に載せて運んでくるところだった。明らかにいま訪問をしては邪魔になる。わたしは階段を戻った。前もって電話をしなかったことを悔やんだが、世間がミスター・ミークルを忘れていないことが嬉しかった。彼にわずかな嫉妬を感じさえした。

この不首尾に終わった訪問からしばらくたったときのこと、酒場に入って一杯買い、友人の隣に腰を下ろした。その友人は見知らぬ男と話している。友人は「君たち二人は初対面だろう」と言って、その見知らぬ人物のことをBBCで働いている音響技師だと紹介した。その男は目を見開いてわたしを見つめると、「あなたはわたしのことを知らないかもしれないけれど、わたしの方では存じあげてますよ。昔の恩師と語るというので、BBCの撮影班をそっくりその恩師宅に来るようにと取り決めておきながら、ご本人は姿も見せずって方ですよね」

「そんな取り決めなどしていない!」わたしは愕然として叫んだ、「そんな企画、話し合ったこともない——考えたことすらないぞ!」

「それじゃあ、酔っ払ったときに取り決めたんでしょう」

わたしは酒場を出て、すぐに訪ねるべく一目散にミスター・ミークル邸へ向かった。BBCがミスを犯し、それをわたしの責任にしていることは明らかだったから、何としても、不意の侵入者を迎えて不自由な思いをしたミスター・ミークルに、それはわたしのせいではないと言っておきたかった。

再びわたしは奥まった階段通路を入り、彼の家に急いだ。しかし階段が何かおかしい。思いがけないほど傾きが急になり、また狭くなっている。踊り場もなく、家々の玄関ドアもない。しかしわたしはとても急いでいたので、引き返すことなど考えずに進んだ。とうとう、劇場の天井桟敷のような手すりのついた狭いバルコニーに出た。すぐ上には天窓。ここから下を覗くと、いくつか出ているバルコニーに囲まれるようにして、いちばん奥にホワイトヒル中等学校の内部を思わせる通路が見えた。わたしの覚えているホワイトヒル校は一九八〇年に取り壊されていたのだが。しかしそこはミスター・ミークルの住んでいるところに間違いなかった。というのも見下ろしていると、通路わきのドアの一つから彼が姿を現わし、正面玄関の方に向かってフロアを横切るのが見えたのだ。歩きぶりは早くはなかったが、注意深いしっかりした足取りが関節炎は少しよくなっていることを示していた。彼のあとを一群の人々がついていく。こんな高さからでも誰だか分かったのだが、その集団は、わたしよりもかなり年上のスコットランドの作家たち――ノーマン・マッケイグ、イーアン・クライトン・スミス、ロバート・ギャリオッホ、そしてソーリー・マクレイン――といった面々だった。かれらがミスター・ミークルに従って正面玄関のドアを出るときには、大声で待ってくれと叫びたかったが、気後れがしてできなかった。その代わり、わたしは踵を返して階段を駆け下り、出口を見つけ、歩道に出るとみんなの後を追った。そうしながらずっと、どうしてかれらはミスター・ミークルをわたしと同じほど、或いはわたし以上によく知るようになったのだろうか、と考えていた。それからわたしは思い出した、かれらもまた英語の教師をやったことがあったではないか。それで説明がついた——かれらはミスター・ミークルの同僚なのだ。だから彼を知っているのだ。

しかしわたしが追いついてみると、その集団はもっと大きなものに膨れ上っていた。知り合いのグラスゴー在住の作家たちの顔もたくさん見えた——エドウィン・モーガン、リズ・ロッホヘッド、トム・レナード、ジェイムズ・ケルマン、アラン・スペンスなどなど。それから西部諸島からはブラック・アンガス、モンゴメリー姉妹、マッカイ・ブラウンの顔があった。ハイランドやオークニー諸島やシェトランドから、北部沿岸と東部沿岸地域から、アバディーンシャーから、ダンディーとファイフから、エディンバラ、ロージアン地方、国境地方全体、そしてギャロウェイよりエアシャーに至る一帯から、わたしのあまり或いは全然知らない人たちが来ていた。

「この人たちはみんな作家なのか?」わたしは声に出して叫んでいた。自分の作品はこんなにも多くのスコットランド作家の著作のなかにはいると、埋もれてしまうのではと心配になったのだ。

「そんなはず、ないだろう!」横を歩いていたアーチー・ハインドが言った、「この大部分は読者だよ。読者も作者と同じだけ重要なんだ。それに、しばしば作者よりずっと孤独を感じている。アーサー・ミークルは多くの読者に、きみはひとりではないのだと教えた。この集団にいる他の人もそう教えたんだよ」

「つまり作家は教師でもあるということかい?」わたしはますます気がもめて尋ねた。

「何とまあ馬鹿げた考えだろうね」アーチーが笑いながら言った、「作家と教師はまったく違う種類の芸能業さ。もちろん人一倍芸を見せるものもいるがね」

わたしは目が覚めた。そしてそれが夢だったことを知った、すべてが、というわけではないが。

注とお礼と批評家のための材料

謝辞

本書がトム・マシュラーに捧げられるのは、一九八九年に彼がもう一冊短篇集を書いたらどうかと勧めてくれたからであり、ザンドラ・ハーディに捧げられるのは、彼女が彼の示唆をわたしに思い出させてくれたからであり、モラグ・マカルパインに捧げられるのは、彼女がこの短篇集を書く家を与えてくれたからである。

〈訳注・**始めてみよう――プロローグ**　ここでは幾つかの先行テクストが下敷きにされている。例えば「**我が名はイシュマエル**」は、言うまでもなくハーマン・メルヴィル『白鯨』の冒頭であり、「イエス涙をながし給う」は『ヨハネ伝』一一章三五節、「読者よ、わたしは彼と結婚した」はシャーロット・ブロンテ『ジェイン・エア』の語り手が作品の終わりの方でかなり唐突に、少しいい気になって言う台詞。「始まりはすべてが飛翔と落下の連続……」はヘンリー・ジェイムズ『ねじのひねり』の本体となるもったいぶった家庭教師の手記の書出し。「わたしは、鈍感で想像力に欠ける上品さを持っているおかげで」では、エドガー・アラン・ポウ「ウィリアム・ウィルソン」の謎めいた語り手の自己紹介部分がアイロニカルに変奏されており、この一節最後の「母の胸に抱かれる……」はロマン派の詩人ウィリアム・ブレイクの「幼子の悲しみ」を響かせる。「男が一人……」はアンブロウズ・ビアス「アウル・クリーク橋の出来事」の冒頭部分。なお、このプロローグは全体の構成が初版と紙装版では異なっているが、著者の意

向に従い、紙装版の配列を採用した。〕

家と小さな労働党

この話の元になったものは以下の三つ――建具屋の助手として働いた五週間の経験、しばらく手細工仕事に従事した後、十年間スコットランドの建築現場で収支会計事務をやった父との会話、オックスフォード、クラレンドン・プレス刊行の『社会学』第三巻、第一号（一九六九年一月）に掲載されたA・J・M・サイクスの「土方――その仕事と人生観」という論文。〔訳注・『ぼろズボンをはいた博愛主義者たち』は二十世紀初頭に出版された実在の書物。また、ここで言及される街路名は実在のものと虚構上のものとが混在している。〕

〔訳注・**家路に向かって**　イギリスの作家ハドリー・チェイスの『ミス・ブランディッシュの蘭』はグレイの作品にオブセッションと言えるほど頻繁に言及されている。男女間のある種の関係を象徴するらしい。〕

〔訳注・**あなた**　原文では「あなた」に相当する主語がすべて省略されている。その点では多少不自然でもあり、意味の曖昧も生じている。二人称の語りという騙《かた》りについてはかつて日本でも、例えば倉橋由美子氏の作品をめぐって、議論されたことがあるが、この訳文はかなりの妥協の産物である。〕

〔訳注・**あなた、レズビアンですか？**　出典を簡単に記すと、パウロの「たとい我もろもろの国人のことば……我に益なし」は『コリント前書』一三章一節〜三節。ペテロの「何事よりもまず互いに熱く相愛せ」は『ペテロ前書』

四章八節。ヨハネのは『ヨハネ第一書』四章八節。「なんじ心をつくし……」は『ルカ伝』一〇章二七節。「愛は寛容にして……」は『コリント前書』一三章四節。「それ我らの知るところ全からず……」は『コリント前書』一三章九節。〕

結婚の宴会

この話は一九九一年ハッチンソン社より刊行されたキングズレー・エイミスの『回想録』とくにディラン・トマスとの出会いの記述に触発された。〔訳注・そこでエイミスは「トマスはきわめて不愉快な人物だった」と記している。「わが時は……」はヨハネ伝七章六節。〕

虚構上の出口

ここでは強力な組織に打ち負かされた人間の二つの事例が描かれている。一方は空想によるもので、もう一方は現実に起きたことである。実例が含まれているのは、その狂った論理が空想的なものと調和したために他ならない。これはわれわれの警察に対する批判のプロパガンダとして読まれてはならない。その理由は以下のとおり――

一、わたしが会った警察官の大部分は礼儀正しくこちらの助けになってくれる。

二、プロパガンダはポルノグラフィといっしょで、ランクの低い芸術である。聖書をはじめとして、ヴェルギリウス、ダンテ、シェイクスピア、ミルトン、シェリー、ディケンズ、トルストイ等々の著作は、しばしば社会機構を糾弾したり、或いは奨励したりしているが、そうした部分に気づいた読者はたいていそれらを退屈であるとか不快なものであるとみなしている。

三、高等法院の判事たちが最近、われわれの警察によって不当に投獄されていた人々を釈放したとはいえ、警察官の受けるべき責めは、かれらに劣悪な労働条件を課してきた人々と比べれば小さい。われわれの警察はかつてはよい評判を勝ち得ていた。はっきりとした証拠もないのに逮捕することなどめったになかったからである。治安判事の署名した令状なしに警察がわれわれの家に強制的に入ることは違法行為であったし、罪を告発できないのに逮捕することも違法だった。われわれが前にこう言ったと警察が主張する内容にしても、もしわれわれが発言内容を否認し、それを本当であると裏書きする第三者がいないかぎり、証拠として採用するのも違法だった。ヨークシャーの小学校の生徒だったとき、そうしたイギリス人の自由を防衛する装置はマグナ・カルタで保証されているのだ、と習ったものだ。

一九八二年、アイルランド共和国軍（ＩＲＡ）の爆弾テロ犯たちが人殺しをやって逃げおおせてしまったということで、政府はこうした安全装置を取り払ってしまった。実際、政府は警察に命じたのだ――「汚いろくでなしどもには好きなだけ汚い手で立ち向かえ。疑わしければすぐ逮捕し、証拠は後から見つけろ。さあ、仕事にかかれ！」と。そのため素早い結果を出すことが第一で、慎重な証拠調べは二の次になった。そしてわれわれの警察はいまや、スターリンの警察が享受したものをいくぶんなりと持ったので、素早い結果を出したのである。ギルドフォードとバーミンガムでのＩＲＡの爆破事件の後、アイルランド人がごそっと逮捕され、審理され、有罪を宣告され、投獄された。イギリス政府も新聞も、そして人々も陰鬱な喜びをかみしめ、警察は胸をなで下ろした。もしかれらが慎重な捜査をし、疑惑を支えるために拷問や偽証を使わなかったら、無実のアイルランド人は自由に太陽のしたを濶歩していただろうが、しかし犯人たちはつかまらず、政府は無能であるとの烙印を押されたであろう。保守党政府は失業や全国に広まった賃金カットの問題になると、ためらうことなく自分たちの無能さを宣言するが（かれらの最も強力な支持者層は、そうした問題によって豊かになっている人たちである）、暴力を前にすると、無能に見えるより不正の方を選ぶのだ。

かつての警察の制約がなくなったことにより、アイルランド人以外の多くの人々が誤って告発され、罰せられるという事態が生まれている。何人かの混乱した警官が盲目の人間の家に押し入り、彼を殴り倒し、しかもその罰金を彼に支払わせる、などということにもなる。わたしは話をおかしくするためにこの出来事を使っているので、プロパガンダのためではない。もしそうした間違いがお気に召さないというのなら、むかしの安全装置を回復するような革新党に勝たせねばならない。〔訳注・作品の末尾で言及される〈ヨーロッパの文化首都〉は、ギリシャのメリナ・メルクーリの発案だったとされるが、毎年ヨーロッパの（比較的〈文化〉といったことばと結びつきにくい）都市を選んで、その文化的側面を広めようとするもので、当然その都市の財政にも影響を与える。グラスゴーがこれに選ばれた件については、この短篇集の最後の作品に登場する作家ケルマン——「時間旅行」を献呈されてもいる——を筆頭として、グラスゴー在住の作家たちから、かなり強硬な反対意見が出た。グレイも当時反対の論陣を張ったことがある。〕

トレンデレンブルク・ポジション
この短篇の執筆に当たってはかかりつけの歯科医、グラスゴー G12のミスター・J・ホワイトの助力を得たけれども、ここに彼の政治上、宗教上、およびスポーツ上の好みが反映しているわけではない。

〔訳注・**時間旅行** 「広大な空間の沈黙が……」と語ったフランスの哲学者とはパスカルのこと。〕

〔訳注・**運転手のそばに** ここで使われている架空の地名の多くは、バンドロンがロンドン、シャグローがグラスゴーというように、現在ではイギリス人にも訳が分からないほどに細かく区分して民営化されたイギリス国有鉄道が全盛であった時代の、それだけに懐かしくもある主要駅名を連想させる。停車駅としてアナウンスされるグレックは、グレイの中篇小説『ケルヴィン・ウォーカーの転落』の主人公の出身地でもあり、スコットランド語で「愚か者、軽率な人間」を意味する。言及される鉄道名も実在したもの。「エホバはわが牧者なり……」は詩編二三章一節〜。〕

ミスター・ミークル――エピローグ
ミスター・アーサー・ミークルは一九一〇年四月十七日に生まれ、一九九三年三月三十日に亡くなった。亡くなるしばらく前に、わたしに最後のほら話の作中人物として彼を使わせてくれ、出来上がったものを読んで、認めてくれた。彼はまた親切にもイラストの肖像のためにモデルをやってくれもした。かつての何千という教え子は知っているが、本当にいい英語の先生だった。ホワイトヒル中等学校で一九三九年から一九五六年まで、ハッチソン男子グラマー・スクールで一九五六年から一九七五年まで教鞭をとった。彼はまたエドワード・アーノルド社から一九六四年に刊行されたケネット・シェイクスピア・シリーズの『ジュリアス・シーザー』の巻を編集した。この非常に安い小さな本は、わたしの本のすべてをあわせたよりも数多く増刷されている。読みやすくて、有益な情報が豊かに盛り込まれた注は、思慮深く配慮の行き届いたミスター・ミークルの授業口調を偲ばせ、その本を学校の教科書としても芝居の台本としても素晴しいものとしている。

わたしは同時に、ミスター・ミークルの同僚の一人として描かせてくれたアーチー・ハインドにも感謝したい。現実にはこの二人は会ったことがなかった。〔訳注・本文で「少しわたしに似た人物が……世界のなかで経験する冒険を描いた」作品として言及されるのは、『ラナーク』という自伝的色彩を滲ませたポストモダン的なSF小説のことで、（二人いる、と言うべき）主人公（の一人が）通うホワイトヒル中等学校の教師として、ミークル先生が登場する。また逐一記すには及ばないと思われるが、作品の最後の夢（？）にスコットランド各地から登場してくる文人はすべて実在する。〕

タイポグラフィー

この本のイラスト以外のすべての体裁を整えてくれたのは、ドナルド・グッドブランド・ソーンダーズ、ミッシェル・バクスターおよびジョー・マレーの忍耐強い技術である。

グッドバイ！

訳者あとがき

　まず最初に訳者の勝手を言わせていただくと、タイトルの『ほら話とほんとうの話、ほんの十ほど』の「十」は、できたら「とお」と読んでほしいと思います。原著自身が *TEN Tales Tall & True* という独特のタイトルを名のっているからです。「ほら」というのはふつう「ほんとう」の対極にあるものでしょうから。しかしそれは必ずしもおどけた身振りではない。この短篇集の冒頭メニューによれば本書では、ソーシャル・リアリズムとセクシュアル・コメディとサイエンス・フィクションとサタイアという様々の味が楽しめるわけですが、その多様性の底にあるのは、最後の作品の最後に記される「わたしは目が覚めた。そしてそれが夢だったことを知った、すべてが、というわけではないが」という言葉に集約されるようなある認識なり気分であるように思われます。しかもそうした気分はどうやらグレイの作品の多くに流れる通奏低音であるらしい。彼の別の短篇集が『ありそうもない話、たいていは』と題されているところにもそれはうかがえます。夢と現実というとそこに二項対立が成立しているようですが、実のところ話はそう単純ではない。他人に対する憎悪や自分に対する嫌悪、さらには深夜の蚊といったものに襲われるという辛い現実に直面したとき、わたしたちは夢を見る。悪夢であることも少なくないにしても、現実が辛いほど生活の中で夢の時間が長くなる。ファンタジーとリアリズムの要素が混淆した作品の多くは、背後に作者の夢の経験か夢への欲望を抱えているでしょう。そしてグレイの場合もおそらく例外ではありません。

　本書は、しばしば「ポストモダニスト」というラベルを貼って語られるアラスター・グレイの作品としては、日本ではじめての単行本の翻訳なので、ポストモダンは知的なお洒落で、お洒落は都会を必要条件とするという、もしかするとまだ流通しているかもしれない通念を裏切る好例として、ここで、現代のイギリスを代表する一人であるこのスコットランド作家の特性を、現代小説の地図の中に位置づけてみるのは、興味ある試みかもしれません。しかしいつになく楽しい翻訳が終わってみると、本書を読んで、読者それぞれが夢を見たり、夢への欲望をかきたててくれるのなら、それ以上のことは無用であるように思えてきました。夢を促す辛い現実（認識）はつまるところ、極めて個人的なものでしょうから。

それでも少しは夢を見る参考になるかもしれませんから、作者についての多少の情報は書き記しておくことにします。グレイのこれまでの主要な作品は、本書のカバー袖に記されていますのでここでは繰り返しません。それを見ると、日本ではこれまで一部の愛好家にしか知られていなかったけれども、ずいぶん多作な作家であることが分かります。『ラナーク』は処女長篇ながら、ブッカー賞の有力候補と目されました。それにもかかわらず、ある審査委員の言によれば「長すぎる」という理由で却下されたという事実は、内なる他者がいかに意識されにくいかを暗示しているようです。たしかに同じ年に出版されたラシュディーの『真夜中の子供たち』の非イギリス性は明白でした。しかしグレイのデビューは、現代スコットランド文学活性化の契機となったのです。例えばアントニー・バージェスは「スコットランドが現代の言葉で書かれる驚異の小説を産み出す時期は熟していた」が、この「巨大で独創的な小説」こそ待ちに待ったその作品だと述べ、『英語で書かれた一九三九年以降の小説ベスト99』にこの作品を選んでいますし、ブライアン・オールディスは、「現実とダリの時計が同じくらいの信頼度を持っている」小説世界を構成するグレイの「超現実的な想像力」を賞賛しました。その「独創」や「想像力」の源泉を捕捉することは不可能ですが、夢を促す現実がグレイにとってどのようなものであったかを多少とも「想像」するには、カフカ的なファンタジーの文法にリアリズムを接ぎ木した力業である『ラナーク』に盛り込まれた挿話などを頼りに、その経歴を簡単にたどっても無駄にはならないようです。この大作の中間に置かれた「リアリズム」的な部分は、相当程度まで作者の実体験をもとにしているようですから。

アラスター・ジェイムズ・グレイ（Alasdair James Gray）は一九三四年十二月二十八日、グラスゴーのリドリーに生まれた。父親は熟練労働者というべき階層に属する職人だったが、「左翼ブック・クラブ」の会員で、左翼系の雑誌を定期購読する（フェビアン）社会主義思想の持主であったらしい。バーナード・ショーとイプセンの劇全集を持っており、大の読書家であった。ただ世界大戦後にはなかなか安定した仕事に就けず、よく聞く話だが、息子を安定した職業を保証するはずの大学に行かせたがった。もっとも、これもよくある話だろうが、息子は親の思い通りにはならない。アラスターは喘息《ぜんそく》持ちで、勉強も好き嫌いが激しく、絵を描くことに喜びを見い出した。喘息の発作は大戦中の疎開時にひどくなって以後、間歇《かんけつ》的に彼を苦しめるようになり、学校の運動行事にもあまり参加できず、眼鏡をかけていたせいもあって「教授」という渾名がついた。しかしそれはどこかで嘲笑的な響きを伴っており、実際いまの日本でも問題になっている「いじめ」に類したことを経験したらしい。学校に行きたくないから病気のふりをしても親は信用しなかったようだが、一度無理に登校させられたとき、事情を察知した父親は、もしいじめがあったら自分が手を出そうと考えて、通学路の反対側の歩道から息子の様子を見張っていたこともあった。いじめた方は覚えていないがいじめられた方は忘れない、というのは、よく耳にし、またこれまで様々の小説に描かれた命題であり、グレイの認識でもある。ともかくこうした経験が級友とも距離を置く早熟の、そしてそれと重なる部分が多いと思われるが、傍観者的で現実逃避の傾向を持った少年を育てることになった。この少年は十一歳のときにＢＢＣラジオのコンクールで入賞し、「子供の時間」に詩を読まれている。

中等学校では読書三昧に耽るアラスターと教師との間には相当の軋轢があったようで、そのときの救いとなったのが本書にも登場するミークル先生である。先生のおかげで学校の文集に詩や短篇を載せ、イラストを描くことが可能になり、市販の少年少女雑誌に作品が掲載されたりもしている。（もっとも『ラナーク』においてミークル先生は、主人公の原稿を「リアリズムとファンタジーが綯《な》い交ぜになっていて、大人にも理解しがたい」という理由で却下し、主人公の心に激しい屈辱感を引き起こしていた。）文筆に目覚めた早熟な若者なら当然かもしれないが、「現実逃避」の産物である『ラナーク』を書き始めたのは十八歳のとき、グラスゴー美術学校に進学して間もないころである。しかし、結局その出版までには三十年近くを要することになった。その間のグレイは絶えず経済的な貧窮に追われており、美術学校在学中に「スコットランド—ソ連友好協会」の大きな壁画に手を染めたのを皮切りに教会の壁画を描くようになって、スコットランド芸術院の展覧会に作品が出品されそうにもなったこともあったが、画家として一本立ちすることはできず、レストランやナイト・クラブの室内装飾を描くかたわら、いくつかの学校で絵の教師をやって生活した。『ラナーク』の執筆は続けられたものの出版の当てはなく、ただ、美術学校時代の友人が機縁になって、六〇年代半ばからグレイはBBCのラジオやテレビ劇の台本を書くようになる。八〇年代に小説として出版されることになるもののいくつかの原型は、この時代から七〇年代にかけての劇の台本として誕生している。例えば『ケルヴィン・ウォーカーの転落』の芝居台本に関して言えば、ロンドンのウェスト・エンドの劇場公演の寸前まで話が進んだが、結末をハッピー・エンドに変えるという条件をグレイが呑まなかったために実現していない。そしていくつかの出版社から拒否された『ラナーク』がようやく陽の目を見て、グレイは一躍脚光を（イングランドでも）浴びるようになったのである。

こうした駆け足の要約で何が明らかになるのか覚束ないのですが、ただ、グレイの作品というか本の特徴である視覚性の由来を納得することくらいはできるかもしれません。本書でも何より目を惹くのは、散りばめられたイラストでしょう。それは原書をできるだけ忠実に再現したものですが、本文中の挿絵はもちろんのこと、本カバーから目次の図案まですべてグレイの描いたものです。ちなみに言い添えておくと、カバーには動物の「尾」が並んでいて、それが英語ではtail/taleという言葉遊びになっており、また本文中の挿絵は、ビーバーは家作りで有名であり、フクロウは夜行性である他に、真面目くさった知恵者（ただしその背後に愚か者という含意を引きずる）というイメージがあるという具合に、何らかの形でそれが添えられた短篇と関係しているようです。こうした豊かな視覚性は印刷の体裁にまで及んでいますが、実は本のデザインそのものがグレイの手になると言っていいほどなのです。本書にかぎることではありません。グレイの作品はすべて、ときにはその本の（日本では帯カバーに記されたりする）宣伝文まで含めて、作者自身のデザインを反映しています。長篇第一作を出版したのが「エディンバラの小さい出版社」で、そこが「本の装丁から組み版まで喜んでわたしにやらせてくれたのは、そうしなければ、他の人間に金を払わなければならなかったからだろう」と、グレイ本人はあるインタヴューに冗談半分に答えていますが、『ラナーク』はスコットランド芸術協会の一九八一年度最優秀ブック・デザイン賞を受賞したほどです。もっとも、受賞したのは自分ではなく、出版社の方だとグレイは言っています。

大雑把な伝記的事実の確認が暗示するのはそれだけではない。「ミスター・ミークル」において「牢獄」のように感じられる学校から外へ出る「想像世界のドア」の向こうを、ディズニーやターザン、アンデルセンやルイス・キャロルやH・G・ウェルズによって与えられた「わたし」の受けるショック、教育の理念とは別の現実の厳しい論理を説明されて、「自由と独立とより有意義で満足のできる生活を獲得するひとつの道」であると信じているから耐えられる「奴隷作業」としての学校教育が、「さらなる隷属への意識的な準備」であり、「何人かを解放すると同時に残りのものをその何人かの道具にするように仕立てている」ことを知った「わたし」の味わう激しい動揺についての記述は、相当に率直な作者の述懐であると読めるのではないでしょうか。現実を構成する基本的図柄としての少数の強者と大多数の弱者の対立、大多数の弱者にとってつねに抑圧的に作用するものとしての現実、そこからの脱出路としてのファンタジーの必然性。この短篇集には窓やドアのイメージが頻出していますが、それは窒息するような現実から逃げることを余儀なくされる人間の原初的な欲望と視線が追い求めるものとして現われています。そして、グレイの作品に例外なく見られる弱者へのやさしい眼差し、或いはそれと裏腹の関係にある強者と弱者の関係に潜むダイナミズムへの探求は、しばしば男女関係の不均衡という形で示されますが、同時に彼がスコットランド作家であることと無縁ではないかもしれません。グレイの作品にはイングランドがスコットランドを支配しているという視点がはっきりと刻印されています。彼は政治的作家と呼ばれることを好みませんが、『なぜスコットランドはスコットランド人が統治しなければならないか』という政治論を発表してもいますし、みずから社会主義者であることを「スコティッシュ・ナショナリスト・ソーシャリスト」という言い方で明言してもいます。この表現は「トレンデレンブルク・ポジション」にも登場しますが、一見やさしそうなイングランドの男を登場させた「あなた」――被植民地と宗主国の関係を女と男の関係に見立てるというのは、雑駁なだけに力強いフェミニズムが繰り返し実践してみせたところです――や「内部メモ」にもその姿勢はうかがうことができます。『ラナーク』でもスコットランドの「独立議会」が夢想されていました。いまブレア政権の下で話題になっているスコットランド議会も、スコットランドをイギリスの一地方と捉えがちな日本で想像するほど、思いがけないことではないのでしょう。

スコットランドがイングランドに従属する弱者であるかどうかはともかく、弱者へのやさしさはみずからを弱者と規定したときに、安手の自己憐憫に堕してしまうに違いありません。グレイはその陥穽を十分自覚しているように思われます。以前他のところで書いたことですが、九六年の春に、タイルの壁にグレイの描いたイラストが残るレストランで「グラスゴーのアインシュタイン」と呼ばれる――その理由は本書の最後に載っている似顔絵から明らかでしょう――作者に会ったときのことです。壁の前に伸びた植物で半分隠れているイラストを見ながら「絵は伸びないからな」と笑いながら言う彼から、ビールのジョッキを手にいろいろなことを聞いた——先に記した彼の経歴紹介には、そのときの話がいくぶんか反映しています——のですが、「煙草は構わないか」と尋ねたとき、奥さんがアレルギーなので家では吸わないが、外で喫煙家から一本もらうのは嫌いではないというので、調子に乗って、高齢化社会の不安を説きながら、適度に死期を早める煙草をこんなに毛嫌いするのは奇妙だと、思わず紫煙と一緒に気炎も上げてしまったのでした。するとグレイは、それは興味深い視点だが自己憐憫の匂いがすると正しい批評を返し、それから弱者の発言にまとわりつく自己憐憫を躱《かわ》すことの困難を語り始めたのです。本書でも予定説批判を忍ばせているらしい「新世界」の弱者は結局わが身を滅ぼすことになるようですし、「家路に向かって」の結末は弱者は強者になることによって救われるわけではないという余韻を漂わせています。「虚構上の出口」という象徴的タイトルを持つ短篇の言葉に従うなら、現実という「牢獄」に閉じこめられた人間は「自由意志こそ精神の本質である」から、そこからの脱出を図るけれども、その企ては失敗するように運命づけられている。グレイ作品には、リアリティの桎梏《しっこく》から逃れ出る試みとしてのファンタジーが、新たな束縛を生んでしまうという逆説が取り込まれているように思われます。弱者と強者という関係の不均衡を絶つには、しばしば良心的な強者から提出されるそうした二分法そのものを否定する契機を必要とするのかもしれません。『ちょっと革製品を』というサドマゾヒスティックな幻想が前景化された作品や、言説の相対性を強く意識したホイットブレッド賞受賞作『哀れなものたち』は、それを雄弁に語っているように思われます。グレイは自作について、そのスコットランド的特性は何かという質問をひどく嫌うようですが、それも文化覇権の用意する参照の枠組みと関係しているでしょう。イングランドの作家についてそのイングランド性を問わない限り、この種の質問には、イングランドを地にしたときの図としてのスコットランドという構図が紛れ込んでいるでしょうから。だいぶ前にスコットランドで「スコットランドをきれいに、ごみはイングランドに捨てましょう」という観光土産のステッカーを、逆を記したものは土産にはならないだろうなと思いながら、面白がって買ってきたことがあります。しかし、そうした面白がる姿勢を面白くないと思う視点の存在に気づいてもよかった、とグレイを読むと思います。だからといってむろん「運転手のそばに」に端的に見られるような、得体の知れない強者の用意する不条理な権力行使について、弱者の愚かしさへの哀しみとともに、憤りを覚えるのは、当然の権利であり義務なのですけれども。

この翻訳に当たってはいつも以上に多くの方のお世話になりました。早くからグレイに注目して、翻訳を勧めてくれた白水社編集部の藤波健さんには、すっかりお世話になりました。ありがとうございました。訳者の都合にあわせたスコットランド滞在を可能にしてくださった東京のブリティッシュ・カウンシルの関係者の皆様にも、楽しい経験をさせていただいたお礼を申し上げます。以前から関心を持っていたグレイの場合は格別だからと、いつもの習慣に反して原作者に会うことができたのも幸いでした。この場を借りて、そうしたことすべてを可能にしてくれた方々への感謝の気持ちを述べたいと思います。

I am extremely grateful to the Scottish Arts Council whose grant enabled me to stay at the University of Stirling from March to May 1996 and undertake this translation. Members of the Departments of English Studies and Japanese Studies were very helpful, and I should like to express my gratitude to them also. Special thanks are due to Ms Shonagh Irvine, the literature officer of the Council, who arranged for me to meet Mr Gray and discuss his work with him. My greatest debt is of course to Mr Gray, who has kindly encouraged my work and answered questions.

一九九七年九月　　高橋和久

新装版のあとがき

旧訳が復刊されると聞くと、たとえそれが何かに便乗した結果であっても、無から有は生じないから過去には自分も少しばかりいいことをしたに違いないと錯覚できて、素直に嬉しい。記憶をたどると、旧版の「訳者あとがき」に記したように、藤波さんにグレイの翻訳を唆されたとき、当然、最初の長篇にして代表作『ラナーク』が候補になったのだが、あの大冊は日本では受け容れられにくいでしょうから、グレイの顔見世という意味ではこちらの方がいいと思う、と訳知り顔にコメントしてこの短篇集の刊行に至ったのだった。その後、『ラナーク』の名訳が出版されてわが身の浅慮を思い知らされ、またもうひとつの代表作『哀れなるものたち』が映画化されるに及んで、日本でもグレイの認知度は以前とはすっかり違ってきているはずである。それでも、はなはだしく毛色の違うふたつのテクストの接着剤付き合本とも言える『ラナーク』は何はともあれ頭だけでなく手や腕までも凝りそうな重みがあり、映画とは背景やストーリー展開の異なる『哀れなるものたち』は重層的な語りによって映画にはない意味の多義性を生んでいるので、両作品を咀嚼するのを躊躇う読者もいるかもしれない。そんな読者にとっては、味の異なる豊富な品揃えというか、グレイ風味を作り出す種々の香辛料をまぶした本書はフルコースのグレイを味わうための前菜盛り合わせとして、いまでも最良のものではないか、と言ったら自己宣伝以外の何物でもないが、しかし手前味噌はそれほど濃くないと思う。何しろ他に訳書がないのだから。

そんな訳で自己宣伝を続けたいのだが、グレイについて旧版で記したこと以上に語れることは多くない。ただ、サプリメントのあとがきを書く場を与えられると、彼が二〇一九年末に亡くなったこともあって、スコットランドでこの翻訳に従事していたときに実現した作者との出会いが一層懐かしく思い出される。彼の自宅まで指示されたとおりにグラスゴーの駅からタクシーで行くと、グレイが窓から手を振って迎えてくれて、それを見た運転手の「なんだ、会いに来た作家って彼だったのか」という言葉が、グレイと彼の愛したこの都会の結びつきを端的に物語っているようで、強く印象に残っている。もっともグレイがグラスゴーを愛したという言い方にはある種の留保が必要で、遅咲きのこの作家が所得税を払えるようになった『ラナーク』の出版によって注目を浴びるようになるまで、壁画制作などの視覚芸術家としての活動に対する市当局の無理解に怒りを覚えていたことは、地元を愛する人間が必ずしも地元の都道府県知事の主導する行政のありようを愛するわけではないことを考えれば、驚くに当たらない。事実『ラナーク』のある作中人物が表明するグラスゴーへの愛は本物だろうが、同時にこの都会は「感謝知らずで冷淡」を意味する古語「アンサンク」として表象されてもいた。などというややこしいことはあまり考えずに、素朴な一愛読者としてサインが欲しいと差し出した本訳書の原書に、ハードカバーのジャケットとペンギン版の表紙の色の出具合の差についてコメントしながら、そしてこちらが渡した名刺を見ながら、面白がってわたしの名前を漢字で書いてくれたのもなつかしい思い出である。(そんなサイン本を持っている読者は世界でも少ないだろうから、そのときもらったジャケットの色見本と一緒に、大事にして自慢しちゃお。)その後、グレイの案内で近所のパブに行ったことは前に記したとおりだが、そのときに訊けずに終わったことがいくつかある。

とくに今にして思えば、専門的なことは分からないながら、もう少しグラフィック・アーティストとしての仕事について話を聞けばよかったと悔やまれる。というのも、彼は二〇一〇年に『絵画による自伝』を刊行。制作した美術作品(壁画や肖像画や本の挿画など)を満載した同書で半生を回顧しているからである。その中で本短篇集を彩る動物の絵について、ジャケットで「十の尻尾(テイル=話)」が、目次で「頭」が出ている動物の全体像は各短篇の冒頭頁に描かれていて、その短篇を何らかの形で象徴すると説明している。象徴性が一目瞭然なものもあるが、そうでないものについてあれこれ想像してみるのも一興だろう。悔やまれるもう一つの理由は、グレイがあるインタヴューで、絵画制作と執筆は互いが互いの息抜きになるといった趣旨のことを述べながらも、「絵を描くよりも執筆する方が健康に悪いと思う。なぜなら、執筆を続けて頭が言葉で溢れかえり、身体は疲れていないが神経が疲労困憊の極に達すると、眠るために外に出て、たっぷり酒を飲むことになるからだ」と語っているところにある。このインタヴューが行われたのは二〇一〇年のことだが、もしあのパブでこの発言を引き出していれば、そこにはどうやら酒飲みの自己正当化の匂いがすると言ってやれたのに、と悔やまれてならない。ただし実は、いかにも酒飲みらしい（訳者としても満腔の同意を表明したい）こうした体内アルコール消毒の必然性の主張の後に「わたしよりきちんと修練を積んでいる人であれば話は別だが」と付け加えるのを忘れないところがグレイなのだが、と付け加えるのを忘れないのが訳者の務めだろう。

グレイの場合、そうした神経を疲れさせる著作も小説の他、詩や劇、政治パンフレットなど多岐にわたり（因みに二〇〇九年刊行の劇作を中心とする『グレイ戯曲本』に収録された『哀れなるものたち』の映画台本では、舞台をグラスゴーに設定しているのが目を惹く）、作品数も多い。贔屓の引き倒しにならないことを祈るしかないが、追悼記事で異口同音に、スコットランド文学を代表する巨人、現代スコットランド文学を主導し、そこに誰も予想しなかった方向での革新、ルネッサンスをもたらした作家、と称揚されているグレイの読者が、きっかけは何であれ日本でも増えてほしいと思う。これも一九九〇年代のスコットランドでのこと、著名な詩人で大学人でもあるダグラス・ダンと再会した折、彼の指導生がグレイ小説における猥褻をテーマに博士論文を書こうとしていると聞かされ、グレイ作品に顕著な猥褻を話題にしたことがある。それは幼少期より始まった喘息や皮膚炎のために内気になったことからくる作者の性的フラストレーションに起因する、などといった俗流心理学の説明が有効だとは到底思えないが、たしかにグレイ自身最高傑作と評価する『一九八二年、ジャニーン』は臆面もなくポルノグラフィックであり、その種の人間的興味から小説を手にする読者の期待に十分応えてくれる。しかしこの自作評価以降も、一種の英語文学史の試みというべきか、七世紀末のキリスト教詩人ケドモンから――なぜかマルクスも入っているけれども――二〇世紀の戦争詩人ウィルフレッド・オーウェンに至る文人の手になる「序文」を何年もかけて選択収集し、個性的な傍注を付した『序文集』を編んだり、ダンテの『神曲』の散文詩による英訳を手掛けたり、すでに日本で何冊も翻訳されているアリ・スミスによって「現代のウィリアム・ブレイク」と形容されたグレイであってみれば、その特性を一語で説明しつくせるはずもない。二〇一二年刊行の九百頁を越える新編の短篇集には本訳書の短篇も含まれていて、それをぱらぱらとめくってみると、改めてグレイの多面性が実感されるばかりか、おーい、雅なお話だってここにはあるよ、沢山とは言わないけれど、というグレイの声が行間から聞こえてくるような気がする。

この復刊をお世話くださった白水社編集部の栗本麻央さんには、旧版を丹念にチェックして頂き、誤植の訂正の他、手許になかったかつての雑誌記事を手配していただくなど、お手数をおかけしました。おかげで、新装版に似つかわしい新しい装いはできませんでしたが、昔の名前で出ている「恋する老人」の気分を味わうことができました。心よりお礼申し上げます。

二〇二四年三月

高橋和久

訳者略歴
高橋和久（たかはし かずひさ）
英文学者。1950年東京都生まれ。京都大学文学部卒業。東京大学名誉教授。著書に『エトリックの羊飼い、或いは、羊飼いのレトリック』（研究社）、『19世紀「英国」小説の展開』（共編著）、『別の地図　英文学的小旅行のために』（以上松柏社）、訳書にジョージ・オーウェル『一九八四年』、アラスター・グレイ『哀れなるものたち』（以上ハヤカワepi文庫）、ジョゼフ・コンラッド『シークレット・エージェント』（光文社古典新訳文庫）、ジェイムズ・ホッグ『義とされた罪人の手記と告白』（白水Uブックス）など。

ほら話とほんとうの話、ほんの十ほど［新装版］

2024年4月15日　印刷
2024年5月5日　発行

著　者　アラスター・グレイ
訳　者 © 高　橋　和　久
装幀者　仁　木　順　平
発行者　岩　堀　雅　己
印刷所　株式会社　三秀舎

発行所　株式会社　白水社
〒101-0052 東京都千代田区神田小川町3の24
電話 03-3291-7811（営業部），7821（編集部）
www.hakusuisha.co.jp
乱丁・落丁本は，送料小社負担にてお取り替えいたします．

振替　00190-5-33228
加瀬製本

ISBN978-4-560-09296-5
Printed in Japan

白水uブックス

海外小説 永遠の本棚

義とされた罪人の手記と告白

ジェイムズ・ホッグ 著　高橋和久 訳

一八世紀スコットランド、正反対の性格に育った兄弟の相克はついに宿命的な対決へ。奇怪な事件の顚末が異なる視点から語られ、重層するテクストが読者を解釈の迷宮へと誘う。(『悪の誘惑』改題)

魔の聖堂

ピーター・アクロイド 著　矢野浩三郎 訳

一八世紀初め、ロンドン大火後の首都再建計画の一環として市内各所に建設中の七つの教会に、異端の聖堂建築家ニコラス・ダイアーが秘かに仕掛けた企みとは。過去と現在が交錯する都市迷宮小説。

ハルムスの世界

ダニイル・ハルムス 著　増本浩子、ヴァレリー・グレチュコ 訳

ロシア・アヴァンギャルドの終焉に燦然と輝くハルムスの超短篇集。代表作である生前未刊行の短篇集と、訳者がセレクトした短篇三八篇からなる旧版に、新たに訳出した一〇篇を加え、増補版として待望の復刊。岸本佐知子氏推薦!